Cornelia Travnicek

JUNGE HUNDE

Cornelia Travnicek

JUNGE HUNDE

Roman

Für Rasta
– viel Spass!

16.10.2013
Frankfurt

Deutsche Verlags-Anstalt

1

Die männliche Honigbiene hat keinen Vater.

Sperriges aus dem Haus

Der Tag ist frühmorgens mit flüssigem Licht übergossen worden und lichtern trieft es nun an den Bäumen herab. Es zieht ein Wind über die Landschaft, sodass Johanna im Haus alle Fenster öffnen möchte und alle Türen – und ein frischer Atem würde in Stößen durch das Haus gehen. Sie steht im Halbdunkel des Vorraumes im Obergeschoss, zwischen Kisten mit in Plastiksäcken verpackter Winterkleidung aus den Achtzigern und horcht auf die Geräusche unter dem Dach.

Johannas Bruder Stefan hat sich für einen Moment ins Auto gesetzt, um zu telefonieren. Ihr Vater ist hinten im Garten, seine Arme baumeln schlaff herab, und er hat den Blick hoch in den Kirschbaum gehoben, wo in diesem Jahr schon lange keine Früchte mehr hängen. Die Hündin geht ihren eigenen Angelegenheiten nach.

Johanna wendet sich wieder ihrer Arbeit zu, verschiebt Kisten, stapelt Kartons. Sie spürt, dass dieses Leerräumen der Zimmer ungehörig ist, sie hätten damit warten sollen, das Leben ihres Bruders aus diesem Haus herauszuoperieren, nur ein paar Tage, nur so lange, bis der Vater selbst nicht mehr hier war. Stefan hätte auch gar nicht unbedingt ausziehen müssen, sie hätten ihrem Vater diesen Eingriff ersparen können. Jeder Eingriff ist riskant. Jede Handlung, die einen Demenzpatienten aus der Bahn werfen kann, ist eine Operation am offenen Geist. Aber Stefan hat gemeint, es sei keine Zeit mehr, der Studienbeginn an der Fachhochschule in der Stadt über der Donau, seine erste eigene Wohnung und so weiter, sein neues Leben und so fort. Jetzt. »Ich habe auch keine Zeit«, wollte Johanna sagen. Sie hat noch etwas vor in diesem Jahr: Mit dem Studium fertig werden. Eine Reise machen. Über Zukünftiges nachdenken. Doch ihr Bruder hat sich nicht von seinem Vorhaben abbringen lassen. Also hilft sie ihm fortzutragen, was er mitnehmen möchte, obwohl das nicht geplant war, genauso wenig, wie dass sie in Kürze ihrem Vater wird helfen müssen, seine Sachen zu packen. Ihr Vater hat viel, das wenig ist. Nur seine Spuren zu verwischen, wie er es vor Kurzem in einem gegen sich selbst gerichteten Wutanfall von ihr gefordert hatte, dabei wird sie ihm schwerlich behilflich sein können. Dazu müsste sie mit Abrissbirnen und Baggern vorfahren, das Haus dem Erdboden gleichmachen, dieses Stück Land umgraben. Und dann bliebe als Spur immer noch die Verwüstung. Bis Gras über die Sache wächst.

Lärm wird laut im Untergeschoss, ist gleich wieder vorüber. Sie möchte rufen, Stefan zurufen, er soll doch bitte vorsichtiger sein, noch liegt nicht alles in Scherben. Einer von der achtsamen Sorte war er noch nie, ihr Bruder. Sie geht wieder in sein Zimmer.

Warum eigentlich gerade sie das tun muss, fragt sich Johanna, warum sie hier steht und Gegenstände unsortiert in Schachteln fallen lässt, während das doch genau genommen Stefans Arbeit wäre. Der hat es jedoch zu seiner Aufgabe erklärt, Sperriges und alles, was sich nun langsam in der Einfahrt sammelt, in den geliehenen Umzugswagen zu schaffen. An einem Tag wie diesem wäre sie auch lieber draußen und würde etwas über den Pflasterweg tragen. Sie öffnet die spinnwebgleichen Vorhänge an den Fenstern, die Schattenmuster auf dem Fußboden verändern sich.

Etwas zu schnell trinkt sie aus einer nun halb leeren Flasche Frucade, die seit Jahren im Keller gestanden haben muss, ein Stück Kindheit, dessen Farbe sich schon am Boden abgesetzt hatte, bis sie nun von ihr wieder aufgeschüttelt wurde. Sie verschluckt sich. Die Limonade schmeckt schal, die Kohlensäure ist schon lange entwichen.

Als sie das letzte der wenigen Bücher aus dem Regal zur Hand nimmt, wischt sie über den Einband, als wäre dort eine Staubschicht, die es zu entfernen gilt. Das Cover Hochglanz wie eh und je. Knickerbockerbande. Weiter ist ihr Bruder als Leser nie wirklich gekommen. Sie legt das Buch zur Seite.

Beim Aufschauen begegnet ihr Blick im Glas der Schrankwand dem ihres eigenen Spiegelbildes. Streng sieht sie sich an. Schon von klein auf hat man ihr gesagt, sie solle doch freundlicher schauen. Worauf sie immer nur erwiderte, sie sei eben nachdenklich. Oder konzentriert. Konzentriert sieht sie nun einmal böse aus, was kann sie dafür. Sie betrachtet sich nicht oft im Spiegel. Ihr Vater hat sie früher von Zeit zu Zeit seine kleine Elfe genannt. Dünne Haarsträhnen, lange, schmale Finger, spitze Ohren, die schlaksigen Gliedmaßen – alles, was sie sieht, ist ein Kobold. Mit diesen Augenbrauen, die jede für sich keinen durchgängigen Strich formen wollen. Mit der Haut, die zu Rötungen neigt. Mit dem scheinbar zu oft fokussierten Blick. Sie wendet sich ab und dem Teil des Schrankes zu, der noch leer geräumt werden soll.

Dort stößt Johanna auf den Nähkorb ihrer Mutter. Sie

fragt sich, was er hier verloren hat, im Kleiderschrank ihres Bruders. Ihre Mutter war schon immer ein systematisch unsystematischer Mensch. Der Korb geht ihr wohl nicht ab, dort in Peru, denkt Johanna nur, und weiter, dass es auch lächerlich wäre, beim Auswandern gerade das Körbchen mit Nähutensilien mitzunehmen. Eine Handtasche, zwei Rollkoffer und obenauf auf dem einen das Nähkörbchen, hölzern und mit gepolstertem Deckel. Wer fliegt schon so ab. Wer kommt schon so an. Niemand. Hinter dem Körbchen findet sie noch einen Stapel Bücher, deren Titel auch nicht nach ihrem Bruder klingen. Sie ist über ein Zwischenlager gestolpert, so scheint es zumindest, einen Ort auf halbem Weg von Aufbewahrung in Richtung Vergessen. Sie stellt den Nähkorb zurück in den Schrank, die Bücher stapelt sie neben dem Möbelstück. Nun ist der Schrank leer bis auf den Korb. Beim Abschließen knackt das Schloss. Die nackten Regale neben der Schrankfront wirken, als herrschte Lebensmittelknappheit. Die Schäden in der Wandfarbe sind jetzt besonders auffällig: Die an den Rändern ausgebrochenen Nagellöcher. Die zurückgebliebenen Klebestreifen der abgenommenen Poster. Ein graubrauner Schmutzrand, der ein fehlendes Bild rahmt. Ihr eigenes Zimmer sieht bei Weitem nicht so verlassen aus, obwohl schon seit Längerem niemand mehr darin wohnt.

Johanna hört ein Rufen, das wohl sie meint. Ihr Vater sucht etwas. Ihr Vater sucht seit einiger Zeit ständig nach etwas. Wiederholt er sich, so wird auch Johanna rufen, zuerst nach Stefan, der nie hört, und dann nach ihrem Vater, um ihn wissen zu lassen, dass da noch jemand ist, mit Zuversicht in der Stimme, dass gefunden wird, was auch immer er braucht. Aber es bleibt still. Sie zieht in Erwägung, dass sie sich die Stimme nur eingebildet hat.

Vielleicht muss Baghira hinaus. Obwohl der Garten durchaus als draußen gilt, möchte die Hündin ihr Häufchen lieber jenseits des Zaunes ins Gras setzen. Wer wollte ihr das auch verdenken. Mit ihr spazieren zu gehen, die kleine Runde zumindest, das klingt nach einer guten Idee. Johanna hat die Hündin den ganzen Morgen noch nicht gesehen. Wahrscheinlich liegt sie auf einem der Teppiche, ihr Lieblingsplatz. Zuckt mit den Pfoten im Schlaf.

Schritte kommen die Treppe hoch. Ihr Bruder. Irgendwann muss es passiert sein, dass er größer wurde als sie. Er schüttelt sich die langen, mausfarbenen Stirnfransen aus dem Gesicht. Johanna empfängt ihn mit offenen Armen, aber es ist kein Willkommen – das war alles, sagen ihre Handflächen: Diese drei Kartons zu ihren Füßen, das ist der Rest. Und die Bücher, die nicht ihm gehören. Ihre Schultern heben sich wie zur Entschuldigung, als hätte Stefan das Recht, mehr von seinem Zimmer zu erwarten. Auch er lässt den Blick über die Regale wandern, auch er öffnet noch einmal alle Schranktüren, auch er bemerkt den Nähkorb, scheint sich aber nicht darüber zu wundern. Das Bett verlassen ohne Matratze. Ihr Bruder packt sich einen Karton auf die Schulter, sagt »Ich hol' die anderen gleich« und wendet sich zur Tür. Ein Stück Hochglanzpapier segelt zu Boden, gleitet dahin, Unterseite nach oben. Reflexartig stellt Johanna den Fuß darauf, als würde tatsächlich auch im Haus der Wind wehen, als könnte die nächste Böe das Papier mit sich reißen. Dann hebt sie es auf.

Es ist ein Gruppenfoto, eine Art Familienaufstellung, von dem Johanna nicht weiß, wer es aufgenommen haben könnte – denn alle, die an jenem Tag dort waren, sind abgebildet: Johannas Vater, Johannas Mutter, Stefan, Johanna selbst, Ernst, seine Mutter Sibylle, sein Vater Johannes und die beiden Hunde Baghira und Balu. Das Foto ist per Selbstauslöser entstanden, so lautet die sehr wahrscheinliche Erklärung. Warum es bei Stefans Sachen liegt, hier in seinem Zimmer, würde sie gerne wissen. Der Vater sieht auf diesem Bild anders aus, als sie ihn in Erinnerung hat. Größer. Aufrechter. Den Blick direkt auf die Betrachterin gerichtet.

Das Licht sammelt sich nun in den Dachrinnen. Die Geräusche um das Haus werden stetig lauter, der Wind stärker, als wollte er etwas mit sich fortnehmen. Johannas Vater, dem die Jacke, die früher um die Schultern herum eng war, lose am Körper hängt, starrt weiterhin in die Kirschbaumkrone, in der die Blätter bereits dem Herbst nachgeben.

Schritte entfernen sich. Draußen stetig steigender Sonnenschein. Baghira hat es sich im Schatten bequem gemacht und lässt ihre Zunge weit aus dem Maul hängen, so weit, wie es einem Beagle nur möglich ist. Irgendwo sitzt Ernst in einem Flugzeug. Irgendwo auf einer Straße sind Ernsts Eltern auf dem Heimweg. Johanna steht zwischen den letzten beiden Umzugskartons ihres Bruders, die dieser gleich noch in sein Auto packen wird. Zuunterst im Stapel neben dem Schrank im Haus liegt das Tagebuch von Johannas Mutter, eingebunden in Packpapier, von Johanna unbemerkt.

一路顺风

Yī lù shùn fēng[1]

Die Stewardess schiebt mir den Getränkewagen gegen das Knie, und weil sie es von vorne tut, kann ihr mein Knie nicht ausweichen. Mein Bein gibt zwar etwas nach, klappt nach außen weg, bis die Dehnung an der Innenseite meines Oberschenkels unangenehm bis schmerzhaft wird, aber es macht nicht Platz. Seit dem Stoß bin ich wach. Die Stewardess zieht das Wägelchen ein wenig zurück, und ich denke, sie wird sich bei mir entschuldigen, aber noch bevor ich mich aufrichten und mein Bein wieder komplett im dafür vorgesehenen Fußraum verstauen kann, schiebt sie noch einmal kräftig an, als bestünde die Möglichkeit nicht, dass der Widerstand menschlicher Natur ist – als wäre ich eine Teppichfalte. Eine Teppichfalte auf dem Weg nach China.

Ich verstehe ja beinahe, warum sie sich weigert, mich wahrzunehmen, denn es kommt mir selbst so vor, als wäre ich nicht hier – als hätte ich nie den riesigen alten Rollkoffer, dessen rechtes Rädchen schief läuft, in Folie wickeln lassen und am Schalter für Großgepäck aufgegeben, hätte nie das Gate durchschritten, mich nie in dieses Flugzeug gesetzt. Aber da bin ich nun. Trotz allem.

Alle haben sie ihre Befürchtungen gehabt: Johanna, meine Eltern, sogar die Freunde meiner Eltern.

1 »Gute Reise!« (Mit dem Wind unterwegs sein.)

»Pass auf, sonst behalten sie dich da«, hat Johanna zum Beispiel ernsthaft gesagt.

»Vielleicht bekommst du gar kein Visum«, hat meine Mutter anfangs wieder und wieder befürchtet, »du tust ja so, als würden die Chinesen dich wie einen verloren geglaubten Sohn jederzeit gut gelaunt empfangen.«

»Zuerst Hongkong anzufliegen«, hat einer unserer vielen Gäste ausgerufen, »das ist, als würdest du dich von hinten an China anschleichen!«

»Hongkong ist ausgezeichnet«, habe ich gesagt, »das wird mein Basislager, China mein Achttausender.«

Ich habe genau das richtige Visum bekommen, eines mit der Berechtigung zu mehrmaliger Ein- und Ausreise, auf diese Weise kann ich zwischendurch auftauchen, Luft holen, einen neuen Anlauf nehmen, vielleicht von Thailand aus, vielleicht von Korea. Wer kann schon genau wissen, an welchem Ende der Volksrepublik es mich vielleicht aus der Bahn wirft. Aber darüber denke ich nicht zu genau nach.

Jetzt lächelt die Stewardess mich an, sie sagt etwas. Sie spricht Chinesisch mit mir, ich habe kein Wort verstanden, ich habe gar nicht zugehört, ich habe meine Extremitäten neu geordnet. Wie war der Satz noch mal, der für *Könnten Sie das bitte wiederholen?* Eigentlich möchte ich ihr sagen, sie solle doch etwas umsichtiger sein in ihren Bewegungen, in ihrem gesamten Handeln, immerhin ist das hier das Innere eines Flugzeuges. Ich forme die Silben für den eben in Gedanken zusammengebauten Satz, in der Hoffnung, dass es die passenden sind.

Was schaut sie denn so, das war doch richtig? Ist es mein

Akzent? Passt mein Akzent nicht zu meinem Aussehen? Sie ist eindeutig eine Südchinesin, dieses Lispeln, das kann ich erkennen. Vielleicht klinge ich zu sehr nach Norden? Wahrscheinlich klinge ich gar nicht chinesisch. Hat sie noch nie einen Auslandschinesen gesehen? Das wäre sehr unwahrscheinlich bei ihrem Beruf. Einen Chinesen mit österreichischem Akzent? Sie schaut noch immer. Sie hat zwei Kannen. Tee oder Kaffee, das wird sie gefragt haben: Tee oder Kaffee.

»Wǒ yào hē chá.« Ich höre mir selbst zu, wie ich ihr sage, dass ich Tee trinken möchte, dann höre ich mir weiter zu, wie ich es auf Englisch wiederhole, weil sie sich immer noch weigert, mein Chinesisch zu verstehen.

»What«, sagt sie, *»what?«* Was heißt hier *what*, jetzt ist mein Englisch scheinbar auch besonders grauenhaft, oder wie soll ich das verstehen. Ich winke ab. Beim Abwinken deute ich wohl auf die Teekanne, denn sie greift danach und schenkt mir ein.

Der Tee riecht gut, es könnte ein Oolong sein. Für einen Österreicher kenne ich eindeutig zu viele Teesorten, das ist meiner Mutter zu verdanken. Dem urösterreichischen Volk ist jeder Aufguss gleich ein Tee. Mein Vater kennt genau zwei Arten, nämlich eine, die mit Rum serviert wird, und eine für alle Krankheiten, in die kommt Honig, der Rest ist parfümiertes Wasser. Daran konnte auch meine Mutter nichts ändern, diese kleine Sinologin, die meinem Vater nur bis zur Brust reicht, mit ihrer blassen Haut, die schnell rosa wird, wenn der Tee sie von innen erhitzt. Nach jeder Tasse treten ihr kleine Schweißperlen auf die Nase und die Oberlippe. Dann streicht sie sich die Haare hinter ihre Ohren und betont dadurch deren absurde Größe.

Ich glaube, Johanna liebte meine Mutter vom ersten Moment an, in dem diese ihr die Hand entgegengestreckte und sie wie eine Erwachsene begrüßte, einfach nur »Hallo Hanna, schön dich kennenzulernen« sagte.

»Ernsti, tā shì nǐ de nǚpéngyou ma?«, fragte meine Mutter gleich danach mich, und da wurde mir seltsam, ich weiß bis heute nicht warum, ich habe nur »Nein, ist sie nicht« gesagt und Johanna hinter mir hergezogen, die Treppen zu meinem Zimmer hinauf.

»Was hat sie gefragt?«, wollte Johanna dann von mir wissen. Ich versuchte, abzuwinken, aber sie ließ nicht locker und fragte nach, welche Sprache meine Mutter da eben gesprochen habe, und als ich erklärte, das sei Chinesisch gewesen, sagte sie: »Aber die ist doch gar keine Chinesin.«

»Ich bin Chinese«, sagte ich daraufhin, und Johanna konterte: »Chinesen sind gelb.« Diese Information hatte sie aus einem Lucky-Luke-Heft bezogen, das sie mir später einmal gezeigt hat.

»Ich bin nicht gelb«, stellte ich fest, griff nach meinem Hosenbein, zog es hoch und präsentierte meinen nackten Unterschenkel, ganz so, als wären Hände und Gesicht nicht schon Beweis genug, als könnte man an diesen Stellen schummeln. Ich hoffe, Johanna hat das alles längst vergessen.

Ich rieche noch einmal an meinem Oolong, bevor ich meine Hand mit dem Becher in Richtung Klapptischchen bewege. Das Gefäß passt genau in die kleine Mulde, die für diesen Zweck da ist, und bei nächster Gelegenheit macht das Flugzeug einen Ruck, und ich habe heiße Flüssigkeit auf der Hose. Zumindest ist es in meiner Vorstellung schon genau in dem Moment passiert, als ich den Becher dort abstelle. Ich sollte mich vielleicht besser an ihm festhalten.

Jetzt sagt mein Sitznachbar etwas, was die Stewardess versteht, während es wiederum mir unverständlich ist. Ich werde meine Mutter fragen, was sie mir da eigentlich beigebracht hat, was für eine Sprache das sein soll, Chinesisch ja wohl nicht, eher Chintsch, vielleicht Deunesisch, ein Irgendetwas.

Das Essen wird gebracht. Aluschale: abgedeckt, ein winziges Weißbrötchen, Plastikbesteck: plastikverpackt, ein Becher Fruchtsalat, ein leerer Hartplastikbecher für Tee. Ich schaue auf den Pappbecher auf meinem Tischchen, der noch halb voll ist.

Über der Konzentration auf die Nahrungsaufnahme wird es dunkel. Wir fliegen in die Finsternis hinein, durch sie hindurch. Die Nacht schiebt sich als graue Welle über die Landkarte, wo sich ein Miniaturflugzeug langsam Richtung Ziel bewegt. Warum hat hier nicht jeder seinen eigenen Bildschirm? Ich dachte, zumindest das wäre mittlerweile Standard. Der Gemeinschaftsmonitor sieht mehr aus wie ein veralteter Fernseher, den jemand in die Zwischenwand zur ersten Klasse eingebaut hat. Gleich kommt die Stewardess mit einer Videokassette und legt den Film ein, wie damals die Lehrer auf den langen Busfahrten bei den Schulausflügen. Wahrscheinlich startet das Unterhaltungsprogramm, wie sie es nennen, erst nach dem Abservieren. Was ist das eigentlich, das alles, da in meinem Gemüse? Eine Lotuswurzel? Und das? Schmeckt nach Kartoffel. Die Soße ist gut, wirklich gut. Mein Sitznachbar schmatzt, in seinem Alter darf man das wieder. Eine Frau lacht, die habe ich vorhin schon gehört, wo hat die eigentlich ihren Sitzplatz? Die lacht, dass Tote sich die Ohren zuhalten möchten. Kann man dagegen etwas machen? Man könnte es der Stewardess sagen. Ich allerdings kann der Stewardess gar nichts sagen, sie versteht mich ja nicht. Will sie mich nicht verstehen, verachtet sie mich? Denkt sie, meine Eltern sind mit mir ausgewandert, weil sie China nicht mochten und haben, ganz unehrenhaft, ihrem Sohn die eigene Sprache nicht ordentlich beigebracht? Liebt sie China? Fragt sie sich, warum ich hinfliege? Wahrscheinlich denkt sie gar nichts über mich. Oder sie hört schlecht und mag es nicht zugeben.

Da kommt sie schon wieder mit ihrem Getränkewagen.

»More tea, please.« Ich weiß nicht warum, aber warmer Tee beruhigt mich im Flugzeug, und momentan ist mir unwohl. Eine übergroße Aufregung drückt mir den Magen zusammen, und ich verstehe nicht weshalb. Es ist ja nicht so, dass mir meine leibliche Mutter mit offenen Armen entgegenlaufen wird, sobald ich aus dem Flugzeug steige, *Hallo, ich habe gehört, dass du kommst, ich freu mich so* in mein T-Shirt weint und ich sie fest an mich drücke, ihr den Kopf streichle, als wäre sie diejenige, die lange weg war und eben erst nach Hause gekommen ist. Nach Hause, nach Hause. Ist das zu Hause? Ist das eine Art Heimat?

Zu Hause. Das also, was zurückbleibt, wenn man weggeht. Das tiefgelbe Licht in den gedehnten Abendstunden, die in die Länge gezogenen Orte mit nur einer Hauptstraße, einer veralteten Tankstelle und einem Gasthaus, das gegenüber einer Autowerkstatt liegt, und alles eingebettet in Maisfelder, die uns über den Kopf gewachsen sind. Es gibt die Sommer, in denen man sich nicht wundern würde, Wüstensand durchs Dorf treiben zu sehen. Das Gras ist staubig, die Blätter an den Bäumen sind staubig, alle Fenster, Türen und die langsam erwachsen werdenden Kinder. Sie haben den Staub im Haar, in den Augenwinkeln, zwischen den Zähnen, er sammelt sich im Schweiß ihrer Achselhöhlen und verreibt sich dort zu kleinen dunklen Krümeln. Der Mais nimmt einem die Sicht auf den Horizont, hinter dem könnte vieles kommen, ganz Iowa oder die Unendlichkeit der High Plains. Zu Hause. Zu Hause herrscht jetzt Glutstille am Tag, wärmeersticktes Atemanhalten in der Nacht, und der Staub. Der Staub, als feiner Film auf jedem Blatt. Rennt man durch den Mais, peitscht einen das Grün und zieht minimalinvasiv Schnittwunden über die nackten Arme, das Gesicht. »Verirrst du dich in einem Maisfeld, lauf geradeaus, einfach geradeaus«, hat meine Mutter von klein auf zu mir gesagt, und bei diesem Satz hat sie jedes Mal eine Bewegung vor ihrem Gesicht gemacht, mit aufgestellter Handkante, als wollte sie Ziegel und dünne Bretter zertrümmern. Und meine Mutter ist eine Frau, die das mit Sicherheit könnte.

Neue Bilder lösen die Weltkarte auf den Monitoren ab. *Crouching Tiger, Hidden Dragon.* Nun, dann sehe ich mir den Film eben zum fünften Mal an. Ich werde mehr Augenmerk auf die Farbsymbolik legen. Hat der Vorspann keine Musik? Ich habe nie darauf geachtet, bis jetzt. Ist der Fernseher zu leise eingestellt? Kein einziger Ton. Nun also als Stummfilm. Wenn das so ist, kann ich auch anderen Bedürfnissen nachkommen.

Die Toilette ist besetzt. Natürlich, nach dem Essen rennen sie alle auf das WC. Ich warte. Diese Falttüren, kluge Entscheidung, damit kann man niemanden vor den Kopf schlagen. Eintreten, alleine sein. Trotzdem das Hemd entlangstreichen, als wären da Falten, die niemand sehen soll. So viele Leute auf so engem Raum, da draußen, im Flugzeug. Im Stehen oder im Sitzen? Wenn ich stehen bleibe und das Flugzeug wackelt ...? Ich setze mich besser. Ich möchte nicht wieder hinaus. Ein Fernseher fehlt noch hier drinnen, es wäre perfekt. Vor der Toilette wartet jemand, das spüre ich. Er oder sie steht mit der Nase fast an der Tür. Als wollte mich da eine Person am Geruch erkennen. Die eine falsche Ameise im Haufen. Die besondere Art der Tür verhindert, dass es Beulen gibt, als ich aus der Toilette trete, ich lasse den Blick gesenkt, ich sehe nicht, wer mich belauert hat.

Wieder auf meinem Platz: noch nicht abserviert. Mein Sitznachbar hat nicht aufgegessen, und jetzt hat er bemerkt, dass ich sein Tablett anstarre. Was deutet er mir? Ob ich es haben will? Brot und Obstsalat? Okay, Brot und Obstsalat.

»Xièxie nín.«

Hat er das verstanden, dass ich mich bedanke? Hat er nicht. Oder doch? Warum diese Obstsalatpäckchen so winzig sind. Ich sollte Johanna schreiben, es macht sie wahnsinnig, wenn ich mich nicht melde. Seit sie angefangen hat, mich jeden Abend vor dem Schlafengehen anzurufen ... Als wären wir ein Paar. Machen Freunde das? Ich meine, ruft sie Julia jeden Abend an? Nein. Wobei man, fairerweise, auch zugeben muss, dass es wenig Sinn ergibt, jemanden anzurufen, mit dem man Tür an Tür wohnt. Es gibt immer noch keinen Ton zum Film. Wenn die Stewardess jetzt kommt, sage ich es ihr, das muss doch jemandem auffallen. Soll ich mich mit meinem Sitznachbarn unterhalten, nachdem er mir sein Brötchen geschenkt hat? Ich will gar nicht. Ich will mit niemandem reden, ich will diese paar Stunden einfach nur absitzen. Ich will ankommen, ankommen in Shanghai, dem Ziel dieses Fluges, denn irgendwann habe ich mir selbst eingestehen müssen, dass Hongkong wirklich nicht das Richtige gewesen wäre.

Ich stecke meine Hand auf der Suche nach meinem MP3-Player in die Außentasche an meinem Rucksack, und etwas sticht mich in den Zeigefinger. Vorsichtig zupfe ich an dem Ding, das sich im schmalen Fach verhakt hat. Ich schließe sachte meine Finger darum und ziehe die Hand heraus, öffne sie wieder: ein Papierschirmchen, hellgelb mit floral-grünem Muster. Das muss mir Johanna da hineingesteckt haben.

Wenn Freunde aus der Ferne kommen

Johanna wartet auf die Straßenbahn und blickt dabei auf die Haltestelle genau gegenüber. Dort steht ein hagerer Mann von fast zwei Metern, er beugt sich gerade zu seiner Miniaturausgabe einer Malteserhündin hinunter und bietet ihr etwas aus seiner Hand an, wahrscheinlich wie üblich ein Stückchen gekochtes Hühnerherz. Herr Glantz mit seiner Gloria. Der Anblick der großen Gestalt in Begleitung des Schoßhündchens erfreut Johanna.

»Herr Glantz!«

Ein paar der anderen Wartenden werfen Johanna einen kurzen Blick zu und kehren dann sofort zu ihren jeweiligen Beschäftigungen zurück. Glantz sieht hoch, entdeckt Johanna und zieht mit vornehmer Geste einen nicht vorhandenen Hut. Ein warmer Windstoß lässt die weiten Hosenbeine seines grauen Anzugs um die Knöchel flattern und sein Jackett sich blähen. Der Stoff von Glantz' Kleidungsstücken ist mit dem Alter dünn geworden, genau wie Glantz selbst. Beinahe erwartet Johanna, dass der schmale Mann Fahrt aufnimmt und aus der Haltestelle segelt, herbstdrachengleich. Sie fragt sich, ob Glantz in die Anzüge ihres Vaters passen würde, und ob er das Angebot annehmen würde, sie zu tragen, oder ob er einfach nur an den seinen hängt, sie auftragen möchte, bis sie eben durchscheinend werden, ganz sentimental. Sie deutet einen Knicks an und winkt Gloria, die daraufhin, weil sie nicht an Johanna hochhüpfen kann, Glantz gegen das Bein springt, fast bis ans Knie.

Das Hündchen hat eine Schleife am Kopf, die dünne Fellpalme wippt wie in einem Tropensturm. Glantz lächelt, was Johanna über die paar Meter Entfernung nicht gut erkennen kann, weil auch sein Lächeln mit dem Alter etwas schmal geworden ist. Beim Anblick Glorias muss Johanna an Baghira denken, die bald und oft ausgedehnten Urlaub bei Ernsts Eltern wird machen müssen, denn nach Wien kann sie die Hündin nicht mitnehmen, in ihre Einzimmerwohnung. Eigentlich: Dreieineinemzimmerwohnung, denkt Johanna. Betritt man die Wohnung, so steht man neben der Garderobe und dem Schuhregal, also im Vorraum, und direkt neben der Tür zur Toilette, die nachträglich eingebaut wurde. Geht man einen Schritt weiter, so findet man sich genau zwischen Spüle, Herd und Kühlschrank wieder, also definitiv mitten in einer Küche. Noch ein Schritt weiter, und man steht zwischen Vorratsschrank und Dusche, also halb im Bad, genau genommen aber weiterhin im Eingangsbereich. Danach betritt man den Hauptraum, der zur einen unteren Hälfte Wohnzimmer und zur anderen unteren Hälfte Esszimmer ist und oberhalb der eingezogenen Zwischendecke vollständig Schlafzimmer, von vorne betrachtet, also vom Flurküchenbad aus, wie ein Barbiehaus. Weil aber kein handelsüblicher Kleiderschrank auf dieser Zwischendecke Platz hat, muss dieser auch noch in der unten befindlichen Wohnzimmerhälfte unterkommen. Von der Schwelle der verglasten Tür bis zum Fenster sind es fünf, sechs Schritte. Nirgendwo Platz für einen Hund, auch nicht für einen Beagle, der sich gerne unter einen Stuhl legt, sodass man achtgeben muss, ihm nicht auf eines seiner Schlappohren zu treten.

In diesem Moment biegt eine der älteren Straßenbahngarnituren um die Kurve, Metall schleift über Metall. Glorias kieksendes Kläffen wird für Johanna zu einem lautlosen Maulaufreißen. Sie steigt ein.

Als sie sich setzt, realisiert Johanna, dass sie an diesem Tag gar nicht mit der Straßenbahn fahren muss, es sind noch sechs Wochen bis zum Semesterbeginn, sie arbeitet heute im Meinungsforschungsinstitut, das sich nur eine Haltestelle von ihrer Wohnung entfernt befindet. Beim nächsten Stopp kann sie also direkt wieder aussteigen: Wallensteinplatz, wo halb nackte Kinder durch die einzelnen aus dem Boden schießenden Wasserstrahlen laufen und nicht einmal weinen, wenn sie dabei der Länge nach hinfallen.

Johanna betritt das Gebäude, in dem sich, von außen beinahe unsichtbar, das Callcenter befindet. Dort im Büro lässt sie sich an ihrem Tisch nieder, ordnet die wenigen Schreibutensilien geometrisch neben der Computertastatur an: kleinformatiger Notizblock, Bleistift, gelber Marker (unbenutzt), setzt sich das Headset auf, beginnt zu telefonieren und hofft auf eine baldige erste Nachricht aus China. Ernst ist vergleichsweise schweigsam gewesen, seit sie ihm vor wenigen Wochen eröffnet hat, was das Thema ihrer Abschlussarbeit sein würde, und es schien ihr, dass er sich weniger und weniger bei ihr meldete, aber Johanna hat die Schuld daran Ernsts bevorstehender Abreise zugeschoben, der Aufregung, dem allgemeinen Umbruch.

Im September werden sie genau fünfzehn Jahre lang befreundet sein. Trotzdem erinnert sich Johanna immer noch an ihr Kennenlernen.

An ihrem ersten Tag in der neuen Schule, wo alle älter waren als sie, weil sie, nachdem sie schon in Kärnten ein Jahr früher eingeschult worden war, nun eine Klasse übersprang und gleich in die dritte einstieg, war sie von der Lehrerin neben Ernst gesetzt worden. Am Ende der Stunde folgte sie ihm auf dem Heimweg, ohne genauer darüber nachzudenken. Sie pflückten Gräser am Straßenrand, um diese zur Untermalung ihrer angeregten Unterhaltung durch die Luft zu schwingen, blieben von Zeit zu Zeit stehen und ordneten die Trageriemen ihrer Schultaschen neu, um die Arme besser bewegen zu können, drückten ihr Gesicht gegen Gartenzäune, um einen Blick in ein fremdes Leben zu erhaschen. Anders hätte es nicht sein sollen, fühlte Johanna, und ihr Gesicht erhellte sich jedes Mal, wenn Ernst ihr mit blanken Augen eine Frage zu ihrem Umzug stellte: Ob sie mit ihren Eltern hierhergekommen war? Ob sie Geschwister hatte? Und ihre Mutter, wollte Ernst noch wissen, hatte die sie geboren? Die letzte Frage fand Johanna etwas seltsam, weil noch nie irgendjemand diese Tatsache bezweifelt hatte, aber sie versprach, noch einmal nachzufragen, auch wenn sie ziemlich sicher war, dass das Konzept der Mutterschaft etwas mit Geburt zu tun hatte, so war es ihr im Kindergarten erklärt worden. Bei Ernst zu Hause traf Johanna zunächst auf seine Mutter und lernte später dann beim Mittagessen noch den Vater kennen, der ein Imker mit freundlich-wachen Augen war, aber seinen Imkerhut im

Haus und speziell bei Tisch nicht trug, obwohl Johanna das sehr lustig gefunden hätte. Sie sah als besonders kluges Kind sofort ein, dass es mit einem Insektennetz um den Kopf schwierig war, den Löffel in den Mund zu schieben. Weder Ernsts Vater noch Ernsts Mutter war offensichtlich asiatischer Abstammung, was Johanna veranlasste zu fragen, wie das denn ginge, dass Ernst Chinese sei und seine Eltern nicht.

»Ich bin adaptiert«, antwortete Ernst.

»Adoptiert«, sagte seine Mutter, und sein Vater hüstelte in eine Serviette.

Es folgte eine Erklärung über Ernsts Aufenthalt oder Nichtaufenthalt in diversen weiblichen Bäuchen, mögliche widrige Lebensumstände der sogenannten leiblichen Eltern und jede Menge Liebe. Dabei strich Ernsts Mutter ihrem Sohn eine Soßenspur aus dem Gesicht, einfach mit dem Finger, ohne nass gespucktes Taschentuch. Johanna war beeindruckt.

Irgendwann stand Johannas Mutter vor der Haustür und klingelte mit verwischtem Make-up und fahrigen Gesten weiter, obwohl ihr bereits geöffnet worden war. Sie hörte erst auf, als sie den Blick vom Klingelknopf löste, weil Ernsts Mutter sie ansprach. In dem Moment, als Johannas Mutter Ernsts Eltern als vom Türstock gerahmtes Bild eines Paares sah, wurde sie seltsam still und sehr blass, was bei ihrer allgemeinen Aufregung über den vermeintlichen Verlust ihrer einzigen Tochter unbemerkt blieb. Ihre Hände begannen zu zittern, aber das taten sie oft. Mehrere Wimpernschläge lang sagte niemand etwas, gleich darauf kam Johanna durch die Tür. Beim Anblick Johannas war ihre Mutter genau drei Sekunden lang unglaublich erleichtert, riss das Kind an sich, drückte es heftig mit seinem spaghettisoßeverschmierten Mund gegen ihre Bluse und hätte fast zu weinen begonnen, bevor sie es am Arm packte und anfing, den unter der Sorge verschütteten Ärger auszugraben.

Kaum mit wenigen Worten verabschiedet, wurde Johanna puppengleich in das Auto gesetzt und festgeschnallt, als wäre sie nicht bereits sechsdreiviertel, sondern halb so alt, also ungefähr im Alter ihres kleinen Bruders, der, von der gesamten Angelegenheit ziemlich unberührt, an einem Stück Brot kauend in seinem Kindersitzchen saß. Ihre Mutter trug einen verkniffenen Ausdruck im Gesicht, was daran liegen konnte, dass sie die Sonnenbrille vergessen hatte, von Johanna aber als ihre Schuld verbucht wurde und in Wahrheit den Eltern von Ernst galt.

»Ernst ist Chinese!«, verkündete Johanna am selben Abend, sobald ihr Vater von der Arbeit nach Hause kam.

»Wer ist Ernst?« Der Vater beobachtete seine Frau, die durch das Haus lief, mit Türen und Schubladen knallte und zwischendurch ihrem Sohn seinen abendlichen Kakao im Fläschchen zubereitete, der an jenem Tag etwas zu süß geriet.

Bevor Johanna etwas sagen konnte, brüllte ihre Mutter aus dem anderen Zimmer: »Der Junge, mit dem sie heute verschwunden ist!«

»Du bist verschwunden?« Der Vater sah Johanna an, legte dazu sein Gesicht in strenge, wie mit dem Lineal gezogene Falten.

»Ich bin doch da.«

»Einfach nicht heimgekommen, die Johanna.« Die Mutter lief wieder durch das Wohnzimmer.

»Wo war sie?«

»Bei Ernst zu Hause. Hat keinen Augenblick an mich gedacht.«

»Wie hast du ...« Johannas Vater begann seiner Frau hinterherzulaufen. »Suchst du etwas?«

»Nein.«

»Wie hast du sie gefunden?«

»Sibylle hat angerufen.«

»Wer ist Sibylle?«

»Die Mutter von Ernst.«

»Das ist aber nett von Sibylle.«

»Ja, ist es.« Johannas Mutter blieb stehen und schwieg für einen Moment. »Johannes war auch da.«

»Wer ist Johannes?«

»Sibylle und Johannes, du weißt schon!«

»Sibylle und Johannes ...«

Wieder bewegten sich die beiden durch die Wohnung, als wäre diese ein Labyrinth, Johannas Mutter vorneweg, Johannas Vater hinterdrein. Sie beachteten Johanna nicht, die vor dem Esstisch auf ihrem Stuhl saß und die Schulhefte vor sich ausbreitete.

»Ah, Sibylle und Johannes!«, durchbrach der Vater eine Erinnerungsbarriere. »Das sind die Eltern von Ernst?«

»Ja.«

»Ich dachte, Sibylle und Johannes können keine Kinder bekommen.«

»Sibylle kann keine Kinder bekommen, das weißt du

doch! Sie hat eines adoptiert! Ein asiatisches! Sie hat einfach ein asiatisches Kind adoptiert.«

»Schön für sie, das freut mich. Kann ich dir irgendwie helfen?«

»Nein. Wahrscheinlich hat sie es gestohlen!«

»Was hat sie gestohlen?«

»Das Kind!«

»Würdest du bitte aufhören, andauernd im Kreis zu rennen, Herrgott!«

Herrgott war das Zeichen dafür, dass es Johannas Vater reichte, nach einem *Herrgott* schwieg er oder verließ das Zimmer, ein *Herrgott* beendete jede Diskussion. Die Mutter setzte sich neben Johanna an den Esstisch, sah ihr über die Schulter in das Heft und verlangte: »Schreib schöner.«

Um acht Minuten nach vierzehn Uhr fragt Johanna immer noch Bauern über deren Gewohnheiten bei der Verwendung von Düngern und Pflanzenschutzmittel aus, und nach wie vor wartet sie auf eine Nachricht von Ernst, ihr Handy wie einen Kreisel auf der Tischplatte drehend. Gleichzeitig findet in Peking, wo es acht Minuten nach zwanzig Uhr ist, die Eröffnungsfeier für die Spiele der XXIX. Olympiade statt, und in Südossetien herrscht Krieg. Die Welt beobachtet, wie zweitausendacht chinesische Männer im Gleichtakt auf Fou-Trommeln einschlagen und dazu konfuzianische Begrüßungsworte – *Ist es nicht schön, wenn Freunde aus der Ferne kommen* – intonieren, was der Welt wie ein Kampfschrei erscheinen könnte, wenn die Trommler nicht lächelten, pausenlos lächelten.

Doch davon weiß Johanna nichts. Ihre Finger spielen

mit dem Headsetkabel. Ihr Blick streift ziellos auf dem Bildschirm umher. Sie muss achtgeben, dass ihre Gedanken nicht abdriften. Das Schlimmste, was einer Callcenterangestellten passieren kann, ist, dass sich jemand mit ihr unterhalten möchte, obwohl alle Fragen längst ausführlich beantwortet und die anonymen Daten zur statistischen Auswertung aufgenommen wurden. Jedes Mal, wenn das geschieht – so wie jetzt –, fühlt es sich für Johanna an, als umklammerte das Headset ihren Kopf wie ihr Gesprächspartner das Telefon. Wiederholt versucht sie sich zu verabschieden, ohne einfach den Knopf zu drücken, der die Verbindung trennt. Schweigt sie zu lange zu den Ausführungen des Einsamen, ergreift diesen die Angst, Johanna zu langweilen, und er wechselt seine Strategie, befragt nun seinerseits die Befragerin nach ihren Gewohnheiten, worauf Johanna jedoch nicht eingehen will, weshalb sie wieder versucht, sich durch mehrmaliges Bedanken für die Teilnahme an der Umfrage aus der Unterhaltung zu verabschieden, bis sie endlich behauptet, dass sie einen anderen Anruf in der Leitung hat, was nicht stimmt, aber wenigstens plausibel ist.

Wie so oft nach einem längeren Interview macht sie im Anschluss eine Pause in der Kaffeeküche, alleine, und liest.

Ihre linke Hand streicht das Papier der Zeitung glatt, ein Mal, zwei Mal, ein drittes Mal. Das Titelblatt berichtet vom Gastod einer Familie, und Johanna muss an ihre eigene Gastherme denken, die nachts die Küche mit Geräuschen füllt, dem Klickern, dem Klacksen, dem

Glucken, dem sanften Zwusch – jedes Zischeln könnte ein Leck sein, jedes noch so anheimelnde Wärmegetöns der Auftakt zum zu tiefen Schlaf. Eine ganze Familie, entschlummert. Sie stellt sich vor: wie sich zwei Männer in Taucheranzügen einer grün lackierten Wohnungstür nähern, mit hüpfenden Schritten, Schläuche, die an ihren Helmen befestigt sind, hinter sich herziehend. Ihre Arme holen bei jedem Schritt weit aus, als wollten sie sich an der Luft festhalten, daran vorwärtsziehen. An der Tür angekommen, schlagen sie mit einem Hammer das Schloss aus dem Türblatt, sie schlagen ein Mal, zwei Mal, ein drittes Mal, bis das Schloss zu Boden fällt und die Tür nach außen aufschwingt. Dieses Anklopfen mit dem Hammer klingt sehr dumpf und leise durch den Gang, geradezu schüchtern, und sie erwartet beinahe, die Männer würden dort stehen bleiben, plötzlich erschrocken über ihr gewaltsames Eindringen. Aus der Wohnung läuft es zähflüssig über die Schwelle, eine ganze Wand aus beinahe erstarrtem Sirup, die Männer schreiten voran und die Masse schließt sich hinter ihnen, beginnt schon, sich auf dem Fußboden des Ganges in Lachen auszubreiten. Die Eindringlinge haben den Grund eines Bernsteinmeeres erreicht. Sie ziehen mit ihren Armen und Beinen Spuren im eingedickten Morgenlicht, drehen verwundert die Köpfe nach im Flug hängen gebliebenen Eintagsfliegen. Von Raum zu Raum ziehen die Männer ihre Fährten, von reglos schlafenden Katzen in Körben im Wohnzimmer zu atemlos träumenden Kindern in ihren Betten. Die beiden schließen den Hahn, aus dem der Sirup quillt, sie stoßen alle Fenster auf und es trieft über die Fenstersimse golden die Hauswand hinab, einer übervollen Honigwabe gleich, sie malen den Kindern Kreuzzeichen auf die Stirn, nur um sie gleich darauf mit einer liebevollen Handbewegung wieder zu verwischen. Und Johanna hat von irgendwoher die Gewissheit, dass die Eltern in dieser Wohnung ihre Großeltern sind, eines der Kinder ihr Vater, dass sie hier der rückwirkenden Auslöschung ihrer Familie beiwohnt, und es steigt ein Horror in ihr auf, der sie hochfahren lässt, wie aus einem Albtraum.

Nach der Arbeit nimmt Johanna zu Hause, während sich ihr Abendessen in der Mikrowelle dreht, das Foto zur Hand, das sie im Zimmer ihres Bruder gefunden und mit nach Wien gebracht hat, wie um das Grauen des nachmittäglichen Tagtraums mit dem Betrachten dieser Abbildung zu mildern. Aber das Foto in ihrer Hand verhält sich mit einem Mal wie ein Milchgebiss: Teile fallen aus. Sie kann sogar sehen, wie es sich verändert. Ernst, der sie sonst mit seiner besonders angenehmen Stimme, die in manchen Momenten beinahe unecht wirkt, so als käme sie von einem Synchronsprecher, jeden Tag erneut davon überzeugen kann, dass sich die Erde weiterdreht, Ernst steht nicht mehr, wo er eben stehen sollte. Ihr Bruder wendet sich zum Gehen. Und ihre Mutter und ihr Vater ... Und etwas abseits steht sie selbst, auf ihrer Schulter eine Art Leerstelle, da fehlt eine elterliche Hand, die sich bestärkend darauflegt. Zu den Füßen der Menschen die langsam verblassenden Hunde, an den Lefzen bereits ergraut.

Nur Sibylle und Johannes rühren sich nicht vom Fleck, halten sich an der Hand, als hätten sie ihr Leben lang nichts anderes getan und auch in Zukunft nicht vor, es aufzugeben. Einzig Sibylles Kopf wendet sich in die Richtung, in die Ernst gegangen sein muss.

Johanna schließt die Augen.

2

»Etwa ein Prozent der mittelalten Bienen arbeiten als Totengräber, das ist so in ihren Genen festgelegt. Sie tragen die Körper ihrer leblosen Geschwister bis zu hundert Meter weit vom Stock weg, bevor sie sie fallen lassen. Siehst du das?«

Johannes deutete mit zwei Fingern der linken Hand auf eine Biene am Stockeingang, die sich mit ihrer Last abmühte. Sein Vortrag aus Fachbuchsätzen war für ein Kind unangemessen, das wurde ihm bewusst, noch bevor das letzte Wort seinen Mund verließ. Und was erzähle ich dem Kind da überhaupt, dachte Johannes sich, von Totengräbern rede ich und verstorbenen Geschwistern, das kann nicht richtig sein. Ernst verfolgte weiter mit Interesse das Treiben der Bienen, er streckte sogar die Hand nach einer Arbeiterin aus, die mit dick bestaubten Hinterbeinchen soeben heimgekehrt war.

»Biene!«, sagte Ernst.

»Ja, Biene«, sagte Johannes, und war froh, dass der Junge noch nicht mehr verstand.

An den Schwellen

Johanna steht am Bahnsteig, wienauswärts, bewegungslos in der Zeitschleife des Wartens gefangen. Betrachtet einen Baum. Sieht ein Schild an. Übt sich in geistiger Bereinigungstätigkeit. Lässt die Schulter unter dem Gewicht der Umhängetasche kreisen. In der einen Hand hält sie ein Buch über Adoption.

Noch ist nicht einmal Oktober, und sie hat bereits Prüfungen zu bestehen: den Vater heimverschicken, das Haus schnellverkaufen.

»Die Miete für deine Wohnung ist günstiger als die Kreditrate fürs Haus«, hat die Mutter ihr über Skype gesagt.

»Weil die Wohnung eine Höhle ist«, hat Johanna einwerfen wollen, es aber nicht getan.

»... und dein Bruder ist auch schon ausgezogen. Wer soll sich jetzt um das Haus kümmern, den Garten, die Leitungen, die Heizung?«

Dieses »jetzt« hieß: nun, da die Persönlichkeit deines Vaters zerfasert. Seine Demenz gleicht einem stillen Badesee, voller Algen, die den in seinem eigenen Geist Tauchenden festhalten, ihn nicht mehr zurück an die Oberfläche lassen. Irgendwo gibt Johanna ihrer Mutter zumindest ein wenig recht. Trotzdem war sie entsetzt gewesen zu hören, dass der Kredit auf das Haus noch läuft, dass das Haus also der Bank gehört, wie der Volksmund gerne sagt, laut und oft, damit ja alle hören, dass man nichts besitzt, nichts Besseres ist und sich schon gar nicht dafür hält; das Haus gehört also der Bank und nun, da das Heim für den Vater zu finanzieren ist, das man nicht Heim nennt, sondern betreute Wohngemeinschaft, so wie man nun alles anders nennt, damit man so tun kann, als gäbe es die Gedanken dahinter nicht mehr ... Da zahlst du zwanzig Jahre ein, bis zum Knackpunkt, bis das Gehirn auf einmal einen Sprung hat und du nicht mehr willst, dann verkauft man dir das Haus unter dem Arsch weg und danach zehrst du wieder zwanzig Jahre daran, bis die Welt dich endgültig gehen lässt, aber gehört hat dir nie etwas, bleiben tut nichts, hat sich Johanna gedacht.

»Du bist eine gute Tochter, Johanna, weißt du«, hatte die Mutter noch schnell eingeschoben. Und schon war sie wieder dabei, Fotos von sich selbst zu schicken, strahlend, inmitten lachender peruanischer Schulkinder. Johanna hat sie auch ohne Ton zu den Bildern richtiggehend zufrieden seufzen hören können: »Hach.«

»Du bist eine gute Tochter, Johanna, weißt du«, das hatte die Mutter schon oft gesagt, und genau dieses »Du bist eine gute Tochter, Johanna« und das fragend versichernde »weißt du« äffte Johanna im Gespräch mit ihrer Tür-an-Tür-Nachbarin Julia gerne nach. Beim letzten Mal hatte sie dabei die Tasse so fest auf dem Tisch abgestellt, dass der Zucker von den Würfeln in der Dose bröselte und der Kaffee im Becher einen Sprung machte. Es war kein Freudenhopser gewesen. Julia hatte dann ihre Kleine, die gerade wieder einmal ihr Spielzeug am Tischbein zertrümmerte, auf den Schoß genommen, sie fest angesehen und ihr versichert: »Du bist auch eine gute Tochter«, woraufhin Johanna lachen musste.

Bei der ersten Einladung in Julias Wohnung, die erfolgt war, kurz nachdem sie sich zum ersten Mal an den Postfächern begegnet waren – Julia hatte mehrere Einkaufstaschen getragen und einige Umschläge fallen lassen, die Johanna für sie aufhob –, war Johanna nicht wenig überrascht gewesen, am Küchentisch ein Kleinkind vorzufinden, auffallend dick- und weichlippig. Die Augen des Kindes waren groß, grau, glänzend. Johanna kam dieser Blick vertraut vor, sie meinte, sich an ein Babyfoto zu erinnern, auf dem sie selbst so, vom Schoß ihres Vaters aus, in die Kamera gesehen hatte. Das Kind schwang einen leeren Löffel vor einer ebenso leeren Schale. In der Küche verstreut lagen Kochutensilien, auf dem Esstisch und den Stühlen Stapel von Zeitschriften und Noten, die Pflanze auf dem Fensterbrett war unten vertrocknet braun, während sie oben gleichzeitig frischgrün spross, und teilte sich den Platz an der Sonne mit einer kaum noch vorhandenen Petersilie, der man ansehen konnte, wie sehr sie am Leben hing. Julia, deren oranges Kraushaar ein Eigenleben zu führen schien, hatte Kaffee und Pfirsich-Joghurt-Torte versprochen, Johanna konnte viele der Zutaten in der Küche ausfindig machen, jedoch kein fertiges Backwerk. Die Gastgeberin war dabei, ein Glas mit Pfirsichspalten zu öffnen, nach denen das Kind scheinbar verlangte, die Mutter mit dem Löffel dirigierend. Johanna erinnerte sich, dass im Haushalt ihrer Mutter die Pfirsichspalten immer aus einer Dose gekommen waren.

»Setz dich doch, bitte.« Julia wies auf einen frei geräumten Platz, während sie ihrem Töchterchen das Schüsselchen volllöffelte.

»Der Kaffee kocht schon«, fügte sie an und erwähnte mit keinem Wort die Torte.

Das Kind führte die Schüssel zum Mund und trank den Kompottsaft, ohne die Pfirsichscheiben anzurühren. Johanna kam es vor, als könnte sie selbst den leicht fruchtsauren Sirup schmecken. Während sie sich mit Johanna unterhielt, holte Julia mit ihren bloßen Fingern eine Pfirsichspalte nach der anderen aus dem Glas, ließ sie in ihrem perlrosa Mund verschwinden, kaute bedächtig, dass die ebenfalls rosafarbenen Backen rhythmisch schwollen, und wurde dabei vom Kind beobachtet. Genau da bemerkte Johanna, dass alles an Julia in rosig-orangen Tönen gehalten war, von Malve bis Aprikose. Erst als das Glas leer war, füllte Julia, einem unsichtbaren Zeichen der Kleinen gehorchend, das Schüsselchen mit den darin von der vorigen Portion noch übrigen Fruchtstücken erneut mit dem Zuckerwasser auf, trank den letzten Restsaft aus dem Glas, wischte sich über den Mund, erhob sich und stellte das Leergut zum schmutzigen Geschirr auf die Arbeitsfläche neben dem Spülbecken.

Währenddessen fragte Johanna das Mädchen: »Na, wie heißt du denn eigentlich?« – »Lili«, antwortete Julia von der Spüle her anstelle des Kindes, »sie heißt Lili. Das war einer der beliebtesten Mädchennamen in Ungarn in ihrem Geburtsjahr. Wenn sie schon den ungarischen Vater nicht haben kann, habe ich mir gedacht, soll sie wenigstens ein Stück ungarisches Vaterland mit sich tragen.«

Das Kind löffelte ungerührt, seine vorstehenden Lippen zuckrig-feucht, mit ausnahmsweise fokussiertem und freudigem Blick. Johanna sah die Pfirsiche verschwinden und wusste, dass es keine Torte mehr geben würde, ganz egal, ob im Vorratsschrank noch mehr Früchte vorhanden waren oder nicht. Das musste eine glückliche Kindheit sein, die aus Kompottsaft bestand.

Es sind noch sechs Minuten bis zur Einfahrt des Zuges. Danach einundzwanzig Minuten in der Bahn, vierzehn Minuten im Auto. Johannas Mund wird trocken, sie befeuchtet die Schneidezähne mit der Zunge, schmatzt, der Gaumen klebt, sie langt nach der Wasserflasche, aber das Außenfach an ihrer Tasche ist leer. Sie steht genau neben dem Getränkeautomaten, also greift sie in der Tasche nach dem Portemonnaie. Ihre Hand ertastet einige benutzte Taschentücher, eine Packung Hundeleckerlis. Den Schlüsselbund. Ein zweites Mal denselben Schlüsselbund. Schließlich die Geldbörse mit genügend Münzen im Kleingeldfach. Beim Einwerfen am Automaten versucht Johanna die Logik, nach der Wasser mindestens so teuer wie, wenn nicht gar teurer als Limonade sein kann, nachzuvollziehen: Die Zugabe von Limonadenzutaten vermindert anscheinend den Wert des reinen Rohstoffes Wasser.

Im Inneren der Maschine bewegt sich ein Roboterarm, der behutsam nach der von Johanna gewählten Flasche greift und diese vorsichtig in die Ausgabebucht fallen lässt. Dort zittert sie ein wenig unentschlossen. Wie aus der Reihe ihrer Schwestern gerissen, unsanft erwacht, trotz der Vorsicht des Greifarms. In ihrer Vorstellung kann Johanna einen Großvater mit seinem Enkel vor diesem Automaten stehen sehen, beide staunen. »Das ist die Zukunft, mein Sohn«, würde der Großvater vielleicht sagen und dabei gleich in seiner Aufregung eine ganze Generation vergessen. In Filmen bewundert man die

Technik, die kommen wird, man freut sich auf sie, man kann es kaum erwarten, und dabei übersieht man, dass man selbst, hat man erst einmal die Zeit eingeholt, alt sein wird ... Alt wie die greisen Leute heute vor den Getränkeflaschen hütenden Roboterarmen, denkt Johanna. Vier Minuten, bis der Zug kommt.

Johanna wiegt ihr Handy in der Hand, sieht auf die Zeitanzeige, obwohl genau über ihrem Kopf eine Uhr hängt, und vergisst die Zeit wieder, noch während sie das Telefon einsteckt. Ihr Betreuer an der Universität hatte den Vorschlag für das Thema der Abschlussarbeit so positiv aufgenommen ... Er hatte es einen »interessanten Ansatz« genannt, eine Frage, die so »noch nicht wirklich bearbeitet worden ist«. Und nun, nachdem sie die Idee bereits kommuniziert hat ...

Noch zwei Minuten, bis der Zug einfährt.

Johanna klappt das Buch auf: ... *die, die auszogen, sich selbst zu finden: Biografien erwachsener Adoptierter asiatischer Herkunft.* Wieder blättert sie zu einem bestimmten Kapitel. Dieser Tonfall, diese Art, Dinge zu beschreiben, das kommt ihr bekannt vor. Wer da spricht, klingt wie Ernst. Ernst sollte jetzt hier sein. Er sollte zu ihr nach Hause kommen, ihr am Tisch gegenübersitzen, ein Aufnahmegerät zwischen ihnen beiden, und Fragen beantworten. Nur ein paar. Einige wenige. Aber Ernst ist nicht da. Sie könnte ihm ihre gesammelten Fragen per E-Mail stellen. Einfach alles abschicken und vergessen, bis seine Antworten eintreffen. Sie könnte seine Aussagen behandeln wie die eines Fremden, so als kennte sie ihn nicht, als kennte sie Sibylle und Johannes nicht, als wären es nicht ihre Freunde, deren Leben sie für alle einsehbar vor der Wissenschaft ausbreiten wird. Johanna knirscht mit den Zähnen. Dann fährt der Zug ein.

Verspätet sitzt Johanna in ihrem Auto. Manchmal klemmt der Reißverschluss zwischen Stadt und Land. Mit Schwung nimmt sie den letzten Kreisverkehr auf ihrem Weg nach Hause. In trauter Zweisamkeit führt sie eine Art körperliche Beziehung mit ihrem Auto. Manchmal lässt sie ihre Hände am Lenkrad auf- und abgleiten, mit leichtem Druck, packt auf schnellen Abschnitten unvermittelt zu und zieht sich daran nach vorne in Richtung Windschutzscheibe.

Eine Hand am Schalthebel, den Knauf locker umfassend, die andere auf zwölf Uhr am Lenkrad, so fährt Johanna am liebsten; im Kreisverkehr, an denen hier kein Mangel herrscht, führt sie mit abgespreizten Fingern und versteifter Handfläche wischende Zirkelbewegungen aus, hebt in der Ausfahrt die Hand nur etwas an und fühlt das Lenkrad von alleine in die Ausgangsposition zurückkehren, greift dann wieder zu, gibt Gas. Sie stellt sich vor, dass sie in einer Autoattrappe im Studio säße und die Hintergrundszenen wären auf eine Fototapete gedruckt: Der beginnende Herbst wird neben ihr abgespult. Wie jede Intimität wird auch diese von Zuschauern gestört, will sich unter Beobachtung nicht einstellen, und so ist Johanna in den Augen anderer eine vorsichtige, etwas unsichere Fahrerin. Man könnte glauben, sie hätte beschlossen, ihren Spaß für sich zu behalten, ein kleines Geheimnis zu bewahren, um es eines Tages, im Zuge einer Verfolgungsjagd zum Beispiel, zum Staunen aller zu offenbaren. Es kann sein, sie träumt hinter dem Steuer jedes Mal von diesem Moment, von den quietschenden Reifen, die in der jeweils aktuellen Realität nur ältere Frauen auf ihrem Weg zum Supermarkt aufscheuchen.

Ihre Mutter ist nie so gefahren. Ihre Mutter hatte die Hände vorschriftsmäßig auf zehn vor zwei Uhr behalten und jedes Mal, wenn sie schalten sollte, nur widerwillig die Finger vom Lenkrad gelöst. Sehr viele Strecken lassen sich rein im dritten Gang erledigen. Manche Menschen würden vielleicht behaupten, es gehöre zum Habitus von Leuten wie Johannas Mutter, sich zeit ihres Lebens in einem Auto unwohl zu fühlen, allerdings könnte man diesen entgegnen, dass auch nie jemand die Mutter glücklich auf einem Fahrrad gesehen hatte. Oder einem Pferd. Oder irgendeinem anderen Fortbewegungsmittel, welches Führung gebraucht hätte – das war eine Eigenschaft des Vaters. Der hatte seine junge Frau zuerst nach Kärnten und danach, weil sie offensichtlich unglücklich war, wieder in ihre Heimat geführt, aber keine dieser Überführungen brachte die erhoffte Entspannung des Gemüts. Da kam es umso überraschender, als Johannas Mutter kurz nach Johannas achtzehntem Geburtstag sehr entschieden ihrem Leben eine neue Richtung gab, beschloss, dass es reichte. Ganz so, als wäre Johannas Vater müde geworden, seine Arme schwach, als hätte er der Fliehkraft seiner ständig rastlos um ihn rotierenden Frau nichts mehr entgegenzusetzen gehabt. Mit einem beinahe hörbaren *Pläng* riss das Band zwischen ihnen. Johannas Mutter flog davon. Schaffte eine Ziellandung in einem südamerikanischen Sozialprojekt, sodass man ihr nicht einmal richtig böse sein konnte. Für Johanna hatte die Mutter ohnehin schon früh das Bild eines zerzausten Vogels angenommen. Spatz in der Hand in der einen Situation, Sturmkrähe in der anderen. Zugvogel zuletzt.

Kurz darauf fährt Johanna an einem verlassenen Hof vorbei: Die drei Blumentröge aus Beton davor sind unbepflanzt, das Tor steht offen. Efeu rankt an der Außenwand der verwaisten Ställe. Sie schlägt mit der flachen Hand auf das Lenkrad, findet den Punkt nicht, der die Hupe aktiviert, schreit die auf der Fahrbahn sitzenden Amseln durch die Frontscheibe an, sie sollen sich gefälligst von der Straße schleichen.

读万卷书

Dú wàn juǎn shū[2]

Als Erstes fällt mir das Fehlen von Neonleuchtreklame auf. Ich weiß: Ist in China in einer Stadt kein Leuchtschild mehr zu sehen, so ist man weitab vom Schuss. Wenn dann der Taxifahrer, so wie jetzt, auch noch stehen bleibt und anfängt zu telefonieren, ist der Zeitpunkt gekommen, an dem man sich Sorgen machen sollte.

Es ist dem Fahrer nicht gestattet, während der Fahrt zu rauchen. Es ist dem Fahrer nicht gestattet, aus dem Fenster zu spucken. Vieles ist dem Fahrer nicht gestattet, kann ich auf einem laminierten Kärtchen lesen, das genau in meinem Blickfeld hängt. Nirgendwo ist vermerkt, dass es dem Fahrer nicht gestattet wäre, stehen zu bleiben und nach dem Weg zu fragen, wenn er sich verfahren hat oder schlicht nicht mehr weiterweiß. Ich sitze in einem pastelltürkisen Taxi, das vor zehn Minuten gehalten hat, in der Seitenstraße einer Seitenstraße, und der Fahrer hat begonnen zu telefonieren. Ich hätte doch achtgeben sollen, wohin er fährt, ob er weiß, was er tut, auch wenn das andererseits absolut sinnlos gewesen wäre, denn ich weiß ja im Grunde genauso wenig, was er zu tun hätte, wohin er fahren sollte.

Vor etwa elf Monaten habe ich noch mit Johanna

2 读万卷书不如行万里路 (Dú wàn juǎn shū bùrú xíng wànlǐ lù) »Zehntausend Bücher zu lesen ist nicht so wertvoll, wie zehntausend Meilen zu reisen.«

im Garten meiner Eltern in der Hängematte gesessen. Abends war der Herbst zu riechen; Johanna hatte sich eine Decke um die Schultern gelegt. Sie fragte mich, was ich nach dem Abschluss meines Bachelorstudiums tun wollte.

»Ich will«, sagte ich, »vielleicht endlich nach China fahren.«

»Das halte ich einerseits für eine vernünftige Idee.«

»Und andererseits?«

Johanna zuckte mit den Schultern.

»Du kannst nicht dauernd ein Einerseits ohne ein Andererseits anbringen, ständig tust du das, das macht mich ganz nervös, Jo.«

»Es macht eine Tür auf, durch die du dann nicht gehen kannst.«

»China?«

»Das Einerseits.«

»Ich weiß nicht, ob das eine stimmige Metapher ist.«

»Wer hat dich zur Sprachpolizei gemacht?«

»Niemand, es gibt einfach ... Regeln.«

»Andererseits werde ich dich wohl vermissen.«

»Danke sehr.«

»Gern geschehen.« Sie stützte das Kinn auf ihre rechte Hand und fügte an: »Solange du nicht gleich für immer dort bleibst ...« Aber das hatte sie bereits um einiges leiser gesagt.

Und nun gehe ich also auf dem Weg zum Hotel verloren.

Eher noch hätte ich erwartet, dass das auf dem Weg zu der Agentur passiert, denn immerhin ist der Zettel mit der Adresse genauso alt wie ich oder zumindest beinahe so alt wie ich – dass Sibylle dieses Stück Papier all die Jahre aufbewahrt hat, hat mich überrascht. Ohne zu zögern, hat sie mir auf meine Frage hin eine Schachtel auf den Schreibtisch gestellt: Alles hat sie anscheinend aufgehoben, jedes Fitzelchen, jede Rechnung, jeden Abriss. Sonst hebt sie nie etwas auf, nicht einmal die Belegexemplare der Zeitschriften mit ihren Artikeln. Sie habe sich schon gedacht, dass ich etwas davon später einmal brauchen würde, hat sie dazu tatsächlich gesagt. Wie hat sie sich das denken können, ich hätte doch auch ganz zufrieden sein können damit, nie wieder in meinem Leben nach China zu fahren, diesen Abschnitt meines Lebens Abschnitt sein zu lassen, denke ich mir jetzt. Sie kann mich ja nicht am ersten Tag betrachtet und das vorausgesehen haben, mich durchschaut haben quasi, damals und für immer. Manchmal frage ich mich: Kann ich überhaupt etwas tun, das sie sich nicht *schon gedacht* hat? Diese Aussage ist eine ihrer liebsten Antworten auf alle meine Entscheidungen, Ansinnen und Wünsche. Ich ringe drei Tage mit mir, teile die Ergebnisse mit, und sie sagt? Das habe ich mir schon gedacht. Andere wären vielleicht froh, eine Mutter zu haben, die sie so gut kennt und deren Verständnis für ihr Kind so tief reicht. Aber ich hätte gerne ein Mal nur eine Entscheidung getroffen, die sie sich nie hätte träumen lassen.

Dass die Adresse der Agentur noch existiert, ist sowieso ein Wunder. Kein Wunder ist, dass dort nicht mehr ist, was vor über zwanzig Jahren dort war. Ich wusste nicht weiter. Immerhin hatte ich beinahe zwei Wochen gewartet, um dahin fahren. Fast jeden Tag bin ich ein Mal durch die *Nánjīng Lù* gegangen: *Nánjīng Xīlù, Nánjīng Dōnglù*. Dort dann zu dem Fast-food-Restaurant, das zur Kette von Jackie Chan gehört oder eher von Mr *Chéng Lóng*, dem, der zum Drachen wird.

Mein Taxifahrer hat aufgehört zu telefonieren, er dreht sich zu mir um, hält die kleine Karte mit der Anschrift des Hotels zwischen den Fingern.

»Zhè shì nǐ xiě de ma?«

Ob ich das geschrieben habe, möchte er wissen.

Ich bestätige ihm diesen Verdacht, er schüttelt den Kopf. Ob ich von hier bin, das hatte er mich gleich nach dem Einsteigen und der Übergabe des Adresskärtchens gefragt. Nein, habe ich geantwortet. Aus welcher Provinz dann? Aus keiner. Ob ich aus Korea komme. Nein, habe ich wiederholt, ich komme nicht aus Shanghai, nicht aus China, auch nicht aus Korea, nicht einmal aus Asien.

Jetzt schüttelt er wieder den Kopf. Er weiß nicht, was er mit mir, dem *Huáqiáo*, anfangen soll. Was stimmt denn nun mit dieser Hoteladresse nicht, daran kann doch gar nichts falsch sein, ich bin mit dieser Notiz am ersten Tag gut durchgekommen, auch wenn mir eine nette ältere Dame am Flughafen geholfen und dem Fahrer gesagt hat, wo ich hinmuss. Also wirklich – das ist mir zu dumm, wahrscheinlich kann er einfach nicht lesen, das soll er doch bitte sagen, das müsste er eben einfach nur zugeben. Er könnte *Entschuldigen Sie, aber ich kann nicht lesen* sagen und mich nicht wie einen Idioten mit Kindergartenhandschrift behandeln, das wäre gar nicht schwer.

Was mache ich eigentlich, jetzt, wo die Agentur nicht

mehr dort ist, wo sie damals war, und keiner in dem Gebäude mir Auskunft geben kann? Ich meine, falls das jemals eine richtige Agentur gewesen ist, denn was es genau war, wusste ja nicht einmal Sibylle. Sie hat drum herum geredet, als hätte sie mich im Ausverkauf am Wühltisch ergattert und wollte ihren Freundinnen gegenüber nicht zugeben, dass ich so billig gewesen war. Dass man nicht einmal nachfragt, wo das Baby genau herkommt, verstehe ich nicht. Nicht aus Shanghai, hat sie gesagt, sicher nicht aus Shanghai, das weiß sie. Ich wurde vermittelt, richtiggehend vermittelt wie ein traurig dreinschauender Cockerspaniel in der Sendung von Edith Klinger: *Biiiiiitte, biiiitte, biiiiitte, das arme Kinderl, rufen's doch an.*

Vielleicht hat Sibylle mich gewonnen, an irgendeiner Rummelbude, so wie ich und Johanna damals die Stoffkuh: Hitze auf dem asphaltierten Platz, ein helloranger Himmel, zwei Lostrommeln vor dem Stand mit den Kuscheltieren. Johanna hatte in den Reihen voller Spielzeug aus Schaumstoff und Plüsch die Kuh entdeckt, ein Hauptgewinn. Genau diese Kuh wollte sie. Ich sehe Johanna noch genau vor mir: übermütig, wie sie mich dazu bringt, für fünf Euro Lose aus der einen Trommel zu ziehen. Sie selbst zog ebenfalls für fünf Euro aus der anderen. Wir hielten uns die Papierzettelchen gegenseitig unter die Nase, konnten den Zufall nicht glauben: Wenn wir zusammenlegten, hatten wir gewonnen. Wir diskutierten, ob es denn nun wirklich diese Kuh sein sollte, der Standbesitzer und seine Frau wiegten den Kopf hin und her, im Gleichtakt mit uns, auch die konnten das Glück nicht fassen: was für eine Seltenheit. In diesem Moment trat ein Mann an Johanna heran, der mitgehört haben musste. Er sagte, sein Sohn wolle unbedingt die Sponge-Bob-Figur, ebenfalls einer der Hauptgewinne, und er wäre bereit, uns die dafür notwendigen Lose abzukaufen, fünfzig Euro würde er uns geben, wir hätten also einen Gewinn von vierzig Euro gemacht. Johanna sah auf das bunte Papier in ihrer Hand, dachte – wie sie mir später erklärte –, dass er für fünfzig Euro den Sponge Bob in jedem Spielzeuggeschäft hätte kaufen können, und sagte: Nein. Sie sagte, dass es ihr leidtue, aber sie würde sich diese Kuh wünschen, wirklich. Der Mann verschwand, Johanna und ich tauschten die Lose gegen die Kuh, die wir auf dem Motorroller nach Hause balancierten. Dort nahm Johanna das Plüschtier mit in ihr Zimmer und setzte es in eine Ecke. Doch kurz darauf brachte sie mir die Kuh vorbei und meinte, in ihrem Zimmer sei kein Platz dafür.

Irgendwann gestand sie mir, dass sie jedes Mal, wenn sie die Kuh ansah, an den Mann denken musste, nicht der fünfzig Euro wegen, sondern wegen des kleinen Jungen. Sie wusste auf einmal genau, wie es hätte ablaufen sollen: Ihr Blick fällt auf das Kind. Sie und ich sehen einander an. Sie gibt dem Jungen die Lose. Er strahlt. Der Mann will Johanna das Geld überreichen, sie lehnt es ab. Sponge Bob ist so groß, dass seine Füße fast auf dem Boden schleifen, als der Junge ihn davonträgt. Der Vater bedankt sich bei uns. Wir sind glücklich.

Der Fahrer telefoniert schon wieder. Mit wem telefoniert der denn andauernd? Mittlerweile wahrscheinlich mit seiner Frau, und er sagt gerade so etwas wie: *Wird heute später, Schatz, ich hab' da einen seltsamen Typen im Auto, der seine eigene Sprache nicht spricht, und erst seine Handschrift, die solltest du mal sehen, ich hab' keine Ahnung, wo der hinwill, ja, aber aussteigen möchte er auch nicht, bleibt einfach sitzen und hört mir beim Telefonieren zu, ja, er hört mit, aber so schlecht, wie sein Chinesisch ist, versteht er sowieso kein Wort.*

Johanna würde mich, könnte sie mich sehen, auslachen. Sie denkt nie nach, bevor sie lacht, glaubt immer nur, sie würde viel nachdenken, über alles und alle; dabei, wenn es wichtig ist, übersieht sie oft das, was direkt vor ihr steht: Gefühle. Ganze Menschen. Aber Johanna macht es ja nicht absichtlich, sie ist jedes Mal sehr erschrocken, wenn man sie darauf hinweist, ihr ihren Fehltritt erklärt. Es ist sicher, so im Grunde, gut für sie, ein bisschen mit sich selbst alleine zu sein. Das mit ihrem Vater ist schon traurig, und ungelegen, dass das gerade jetzt kommt. Meine Mutter sagt, Johannas Mutter sei genauso: gut zur ganzen Welt, trotzdem oft unüberlegt gemein zu allen in ihrer Nähe.

Das früheste Bild, das ich von Johanna aufrufen kann, ist eines mit wütendem Gesicht. Ein bartstoppeliger Mann hatte gerade zu mir gesagt, ich solle doch bitte schön wieder dahin zurückgehen, wo ich hergekommen sei. Ohne den Ausdruck bitte schön. Ich verstand nicht, was er von mir wollte. Der Mann fühlte sich offensichtlich von mir provoziert, denn es folgte ein Schwall Beschimpfungen, während er mir näher kam. Ich machte mich groß und reichte ihm bis zu den untersten Rippen. Johanna trat zu uns beiden hin, sah ihn von der Seite her an und rief, ganz die Siebenjährige, die sie war: »Gehen Sie doch nach Hause!« Von dem Moment an war ich in sie verliebt, so wie man vielleicht in Xena, die Kriegerprinzessin, verliebt ist: voll ehrfürchtiger Bewunderung.

Wir sind wieder unterwegs. Ich frage den Taxifahrer, ob er nun weiß, wo das Hotel ist, er versteht mich schon wieder nur halb. Ich wiederhole: Hotel. Adresse. Er nickt. Er sagt ebenfalls etwas von Hotel, und von Telefonieren.

Wir biegen nur zwei Mal um die Ecke, und ich glaube, es ist die richtige Straße. Ja, da vorne hängt schon das Schild. Mittlerweile ist es dunkel, ich weiß nicht, wie lange ich in diesem Taxi gesessen habe, aber ich hatte ohnehin nichts mehr vor. Das Telefon in meinem Zimmer werde ich wieder ausstecken, um diese nächtlichen Anrufe zu verhindern, das hat gestern sehr gut funktioniert. Die Summe am Taxameter erschreckt mich nicht, in meiner Tasche steckt packenweise Geld, das macht der wahnsinnige Wechselkurs. Taxifahren ist grundsätzlich ziemlich günstig hier, zumindest in dieser Stadt. Ich möchte ein großes Trinkgeld geben, obwohl ich gelesen habe, dass man so etwas hier nicht tut, aber ich bin Ausländer, man kann mir nichts vorwerfen. Ich weiß jedoch nicht, was »Behalten Sie den Rest« heißt. Ich gebe ihm einfach einen Schein vom Wechselgeld zurück. Und bevor ich aussteige, noch einen für die Telefoniererei, das hat er sich verdient. Er winkt mir zum Abschied, das Geld noch in der Hand.

Morgen stecke ich eine Visitenkarte mit der Adresse des Hotels ein, sage ich mir, es lag ja eine auf dem Tisch im Zimmer. Obwohl ich noch gar nicht weiß, wo ich morgen hin möchte, vielleicht sogar hinaus aus Shanghai, weg von hier: mir etwas ansehen. Ein wenig Sightseeing betreiben und ein paar Fotos machen, das gehört sich, das wurde bisher vernachlässigt. Hoffentlich gibt es woanders ähnliche Restaurants wie das mit dem Kopf einer alten Oma im Logo, an das habe ich mich bereits gewöhnt, die haben gute Teigtaschen, sehr gute. Von zu Hause kommen nur Fragen, schon die ganze Zeit über: Was ich so tue, was ich so sehe, wohin ich fahren werde, wen ich treffe, was passiert, wie es ist. Andauernd fragt einen jeder, wie es ist. Die Teigtaschen sind ausgezeichnet, werde ich schreiben können. Noch nie konnte irgendjemand sagen, wie es ist, und was dieses es, das ist, überhaupt sein soll. Teigtaschen sind konkret, über Teigtaschen kann man schreiben, es gibt sie aus dem Dämpfkorb oder gebraten, und ich kann mit Sicherheit behaupten, dass die gebratene die bessere Variante ist, da habe ich wirklich keine Zweifel. Wenn die alle zu Hause, wenn meine Mutter, wenn Johanna unbedingt andauernd von mir hören möchten, alles wissen müssen, kann ich ihnen gerne ein Telegramm schicken: AGENTUR NICHT GEFUNDEN – STOP – FAHRE IN NÄCHSTE STADT MIT OMAS TEIGTASCHEN – STOP – SIGHTSEEING MUSS SEIN – STOP – FOTOS MÜSSEN GEMACHT WERDEN – STOP – ERNST – STOP.

Zwei rosa Ponys

Als Johanna nach Hause kommt, steht ihr Vater, der in einer halben Stunde von Stefan abgeholt werden soll, um in die betreute Wohngemeinschaft zu ziehen, im Vorgarten. Er trägt eine Jogginghose und ein kurzes, schmutziges T-Shirt. Er tut nichts.

»Papa, was machst du da?« Er sieht sie an, und wie jedes Mal ist Johanna froh, ein Erkennen in seinem Blick wiederzufinden.

»Im Wohnzimmer liegt ein toter Hund«, sagt er langsam.

»Was soll das heißen, im Wohnzimmer liegt ein toter Hund?«

»In unserem Wohnzimmer liegt ein toter Hund, Johanna.«

Als sie das Zimmer betritt, das vollgestellt ist mit Umzugskartons, fällt ihr zuerst auf, dass auf dem Sofa eine riesige schwarz-weiße Stoffkuh mit grotesk dünnen Gliedmaßen thront und in ihre Richtung sieht. Gleich darauf wird ihr klar, dass hier tatsächlich ein Hund tot auf dem Teppich liegt, und zwar ihrer. Es drängt sie, Baghira sofort in diesen Teppich einzuwickeln und im Garten zu vergraben. Johanna hat bis dahin geglaubt, Tiere würden sich zum Sterben verkriechen. Baghira aber liegt in der Mitte des Raumes, so wie sie oft dort gelegen hat, alle viere friedlich von sich gestreckt.

An dem Vorhaben, die Hündin in den Teppich einzurollen, hindert Johanna nur der Umfang ebenjenes Teppichs, der so einige Quadratmeter misst. Es wäre sehr mühsam gewesen, ihn um das Haus herum oder gar hinab in den Keller, durch den Keller hindurch und über die hinteren Stufen wieder hinauf in den Garten zu schleppen. Vielleicht würden die Nachbarn ja sogar denken, dass sie einen Menschen im Garten verscharrte, dort unter dem Baum mit den kleinen, harten Äpfeln, ihren immer verrückter gewordenen Vater zum Beispiel.

Bevor sie irgendetwas dergleichen tut, tippt sie eine SMS an Ernst. Seufzend wendet sich Johanna danach wieder ihrer neuen Aufgabe zu, wobei das Seufzen eher ein Versuch ist, die aufsteigenden Tränen gleich wieder hinunterzuschlucken.

Eine Beagle-Leiche ist ein schwieriger Fall. Sie passt nicht in einen Schuhkarton, ist zu klein für die Verpackung eines Fernsehers, und ob die für eine Mikrowelle die richtige Größe hätte, kann Johanna nicht sagen, vor allem, weil sie gar keinen Mikrowellenkarton zur Hand hat.

Schließlich entscheidet sie sich gegen einen Karton, weil er doch nur das auszuhebende Loch vergrößern würde, und steckt Baghira in einen alten Bettbezug. Ihre Finger kommen ihr auf einmal steif vor, die Knöpfe des Bettzeuges wollen nicht in die ihnen zugewiesenen Knopflöcher, und schließlich gibt Johanna auf, wickelt den Stoff fest um die Hündin, zu einem Bündel mit türkiser Seersucker-Textur. Sie weiß nicht, ob ihr Vater sich in der Zwischenzeit von der Stelle gerührt hat.

Das schwere Bündel trägt sie an sich gepresst mit müden Schritten in den Garten und geht dort damit hin und her, so als würde sie ein Kind in den Schlaf wiegen wollen, sie drückt sich ihre Hündin gegen den Bauch, gegen die Brust und legt sich deren Kopf über die Schulter, sie wippt beim Gehen leicht auf und ab und hört sich selbst »*Schhhhhschhh, schhhhhschhh*« machen. Schlaff hängt ihr das Tier im Arm. So geht sie vom Apfelbaum zum Kirschbaum, vom Gemüsebeet zur im Sonnenlicht ergrauten Holzbank und überlegt, wo sie Baghira begraben soll, die Muskeln in ihren Armen brennen längst, sie gibt weiterhin beruhigende Geräusche von sich und weint nun seltsam heiße Tränen in die Bettwäsche.

Sie erinnert sich an das letzte tote Tier, für das es eine finale Ruhestätte zu finden galt. Ernsts Eltern waren an jenem Abend verreist gewesen, und die Dorfjugend hatte sich am Biervorrat im Keller vergriffen und an den Likörflaschen: Hagebutte, Kornelkirsche und Schlehe, die die Mutter von Ernst fein säuberlich aufgereiht in den Holzregalen aufbewahrte. Manche waren sogar so weit gegangen, die gleich daneben gelagerten Marmeladengläser eines nach dem anderen zu öffnen: Erdbeere, Marille und Brombeere, mit den Fingern darin herumzurühren und von allen einmal zu probieren. Später hatten sie gemeinsam beschlossen, man müsse nun zu einem See fahren, um nackt zu baden. Zu diesem Zeitpunkt hatte Ernst gerade einen seidenen Morgenmantel seiner Mutter übergezogen, einen Lampion geschwenkt und auf Johannas Frage, ob er denn nicht befürchte, dass jemand sich über den Lärm beschweren könnte, geantwortet: »Konfuzius sagt: Lädt man alle Nachbarn zum Fest ein, so gibt es keine Lärmbelästigung.«

Ihr Schulfreund Alexander hatte den Autoschlüssel von Ernsts Mutter geschwenkt und »Einsteigen!« gerufen, ein Mädchen mit groben aschblonden Locken war auf den Beifahrersitz geklettert, Ernst und sie und noch drei andere auf die Rückbank. Sieben angetrunkene Jugendliche in einer Micra Mouse, und es war kein Witz.

Ernst behauptete später immer, das Unglück schon kommen gesehen zu haben, während Johanna heute noch überzeugt ist, dass er zu dem Zeitpunkt gar nichts mehr sehen konnte, denn für Ernst gibt es den Zustand der gemütlichen Trunkenheit nicht, er ist von null auf Koma in drei Bier, und bremst er sich vorher ein, so hat er innerhalb von zwanzig Minuten einen Kater. Das Unglück kam in Form eines jungen Rehs, das aus dem Graben auf die Straße sprang und der Micra Mouse genau in das rechte vordere Scheinwerferauge. Ernst wiederholte später immer wieder, dass es Johannas Idee gewesen sei, das Lockenmädchen, die Einzige im Wagen ohne Führerschein, aber eben auch die einzige Nichtalkoholisierte, das Auto nach Hause fahren zu lassen. Johanna weiß noch, dass sie mehr als ein Mal Angst gehabt hatte, im Straßengraben zu landen, auch wenn das bei dem gefahrenen Tempo keine schwerwiegenden Folgen für die Insassen bedeutet hätte. Der Motor starb regelmäßig ab, und ein paar Mal heulte er auf, als wäre er persönlich beleidigt. Dass es, wie Ernst versicherte, auch ihr Vorschlag gewesen war, danach zu dritt mit zwei Motorrollern an die Unfallstelle zurückzukehren, das Reh mit Wäscheleinen auf den einen Roller zu binden und bis zum Teich zu fahren, dort mithilfe der Wäscheleine ein paar große Steine an den Beinen des Rehs zu befestigen, dann das Tretboot von der Anlegestelle zu klauen, wozu Alexander das Vorhängeschloss mit einer Haarnadel knacken musste (was kurz zu der Diskussion führte, warum er überhaupt eine Haarnadel dabeihatte), zu zweit mit dem Tretboot hinauszufahren und das Reh in der Mitte des Sees zu versenken – all das glaubt Johanna nicht. Wer es allerdings tatsächlich vorgeschlagen hatte, weiß sie auch nicht mehr. Sie schiebt es auf eine mit leicht panischer Schwarmintelligenz getroffene Gemeinschaftsentscheidung.

Der kaputte Scheinwerfer, der, wie er seinen Eltern bei deren Heimkehr erklärte, wohl von jemandem im Vorbeigehen mit einer Bierkiste zerbrochen worden war, brachte Ernst zwar eine Rüge für den übermäßigen Alkoholkonsum ein, wurde von den Eltern aber als Kollateralschaden gewertet. Ganz im Gegensatz zum Marmeladendesaster, bei dessen Entdeckung Ernsts Mutter laut aufschrie.

Nach langem Hin- und Herwandern legt Johanna das Hundebündel doch unter dem Apfelbaum ab, der schon so dicht mit Efeu überwachsen ist, dass es aussieht, als hätte der Efeu den Baum unter sich längst aufgelöst und würde nur noch zum Schein die Baumform wahren, und holt den Spaten aus dem Gartenhaus. Sie muss den Griff jedes Mal mit beiden Händen fassen, weit ausholen und das Spatenblatt mit Schwung in die Erde stechen, sich zuerst mit dem einen, dann mit dem anderen Fuß daraufstellen, bei manchen Stichen sogar noch ein wenig darauf herumhüpfen. Ihre Handinnenflächen haben schnell rote Druckstellen, in der empfindlichen Haut zwischen Daumen und Zeigefinger bildet sich eine Blase, die bald aufbricht. Johanna sticht, steigt, hüpft, hebelt und beginnt wieder von vorne, der Boden ist hart und voller feiner, zäher Wurzeln. Sie muss dabei die ganze Zeit an die Umzugskartons im Haus denken, an ihren Vater, der jetzt schon auf dem Weg ins Altersheim sein sollte, auf der Rückbank des Autos ihres kleinen Bruders sitzend, mit zwei Koffern voller Krempel und viel zu wenig Kleidung, aber Stefan kommt wie immer zu spät. Jedes Mal, wenn sie die tote Baghira ansieht, kommen ihr wütende Tränen, die sich mit dem Schweiß auf ihrem Gesicht vermischen.

Sie wirft den Spaten zur Seite und legt die tote Hündin versuchsweise in das Loch. Johanna will keinen Hügel aufwerfen müssen. Was würden die potenziellen Käufer auch denken, wenn sie bei der Führung durch den Garten an einem frischen Grabhügel vorbeikämen.

Ein paar Tage nach der Sache mit dem Auto war Johanna mit ihren Eltern bei Ernsts Eltern eingeladen gewesen, zu Kaffee und Kuchen. Johanna fand das seltsam, denn bisher war nur selten eine förmliche Einladung an ihre Familie ausgesprochen worden, und wenn, dann nur zu besonderen Anlässen, zu denen auch noch weitere Gäste erwartet wurden. In ihren Gedanken trieb das tote Reh von allen Stricken befreit mit aufgeblähtem Bauch über eine ruhige Wasseroberfläche. Wenn Johanna den Kopf bewegte, trieb es hin und her. Sein Genick war sichtbar gebrochen, der Hals überdehnt, das Fell an den Ohren mit geronnenem Blut verklebt. Ihre Mutter fragte sie drei Mal, warum sie so blass sei, ob es ihr gut gehe, und sie redete sich auf allgemeines Unwohlsein heraus, täuschte Bauchschmerzen vor, ging aber trotzdem hinter ihren Eltern her. Ein kurzer Spaziergang würde ihr guttun und die Übelkeit vertreiben, hatte ihre Mutter gemeint. Johanna hatte Ernst eine SMS geschrieben, panisch, mit vielen Ausrufe- und Fragezeichen, er wusste jedoch auch nichts Genaueres, nur welcher Kuchen gerade noch gebacken wurde: Eierlikör.

Sibylle Hoffmann erwartete Johanna und ihre Eltern bereits in der Tür. Sie roch nach Butter und Vanille und trug eine Küchenschürze mit Spitze, an der Johannas Blick bei der Begrüßung wie so oft hängen blieb. Die Schürze war makellos sauber, als hätte Sibylle zuerst gebacken und danach die Schürze umgebunden. Johanna war der Meinung, eine Frau wie Ernsts Mutter müsste andere Dinge zu tun haben, als Kuchen zu backen, doch das Haus roch ständig nach süßem, warmem Teig, außer wenn Obst reif wurde, dann hing Marmeladenduft wie Tiefnebel in allen Zimmern. Irgendwann wurde Johanna klar, dass das Kuchenbacken für Ernsts Mutter eine willkommene Abwechslung sein musste, ein Mittel zur Prokrastination gar, solange sie nur aus eigenem Antrieb heraus buk und nicht für andere.

Besuchte Johanna Ernst, war sie meist sofort hungrig. Diesmal war ihr übel, und der Kuchengeruch verschlimmerte diesen Zustand noch. Ernsts Mutter strahlte von einem großen Ohr zum anderen und drückte Johanna an ihren Busen, hielt sie lange fest, und Johanna konnte die Wärme fühlen, als hätte Sibylle Hoffmann sich am Backofen aufgeheizt. Johannas Vater fasste Ernsts Mutter an den Händen, und auch bei ihm übertrug sich sichtbar die Wärme. Alle lächelten und gingen hinein, durch das Esszimmer in den Wintergarten, wo Ernst bereits in einem Korbsessel saß und scheinbar zwei Kannen fixierte, die sich in der Glasplatte des Tisches spiegelten, halb verdeckt von wucherndem Grün. Seine Augen zusammengepresst wie eine zufriedene Katze, lehnte er an den Sesselpolstern, ohne irgendein Anzeichen von Aufregung. Neben ihm, in einem zweiten Korbsessel, saß die riesige schwarz-weiße Stoffkuh mit grotesk dünnen Gliedmaßen.

Die Haut seines Gesichtes hatte einen untergründigen Schimmer, und kein einziger Muskel zuckte, als er höflich ihre Eltern und sie begrüßte. Johanna schoss verschwörerische Blicke auf ihn ab, er reagierte nicht, schenkte sich Kaffee aus der einen Kanne ein und bot Johannas Mutter schwarzen Tee aus der anderen an, obwohl er genau wusste, dass sie keinen Schwarztee mochte. Seine Ruhe machte Johanna nur noch nervöser. Der Kuchen wurde gebracht und angeschnitten, Stücke auf allen Tellern verteilt. Und dann saßen sie da, sie fünf, so als feierten sie die Verlobung von Ernst und Johanna, und kurz fühlte es sich für Johanna wahrscheinlich an, dass man eine Ehe zwischen ihnen arrangiert hatte; sie erwartete, man würde ihr eröffnen, sie müsse Ernst nach der Matura heiraten und viele kleine Babys mit ihm bekommen, winzige Johannas mit dunklen glatten Pagenköpfen und kleine Ernsts mit grünlich glitzernden Augen. Ernst schwieg, ahnte nichts von ihren Befürchtungen, hätte diese vielleicht gar nicht für so übel befunden, seine Mutter und ihre Eltern plauderten, Ernsts Mutter erklärte, in Johannas Richtung gewandt, dass der Vater von Ernst noch unterwegs sei, aber jeden Moment nach Hause kommen müsse. Nachdem Höflichkeiten über den Kuchen ausgetauscht worden waren, saßen sie also vor leer gegessenen Tellern und warteten auf Ernsts Vater. Johanna bildete sich ein, ihre

Eltern einander Blicke zuwerfen zu sehen, sie bildete sich weiter ein, dass Ernsts Mutter andauernd auf die Uhr sah und auf das Geräusch des Wagens horchte. Ernst wirkte abwesend. Johannas Mutter schien sich unwohl zu fühlen. Mit einem Mal traf es Johanna: Ein Polizeiauto würde vorfahren, die Männer würden ins Haus stürmen, sich nicht vorstellen, sondern nur an ihre Mützen tippen und Ernst und sie mitnehmen, nach draußen, sie würden den Kofferraum ihres Dienstwagens öffnen, und dort würde das bereits halb verweste Reh liegen. Alle würden schweigen, sie beide anstarren und auf eine Erklärung warten.

Und dann fuhr wirklich ein Auto vor, Ernsts Mutter sprang auf, das Geschirr klirrte leise, sie sagte: »Das sind sie ...«, und Johanna dachte auch: Das sind sie ... Alle folgten Sibylle Hoffmann nach draußen, wo das Auto von Ernsts Vater in der Einfahrt parkte. Johannes Hoffmann stand daneben, hatte eine Hand am Autodach abgelegt, er schien seine Miene nur mit Mühe unter Kontrolle zu halten, Johanna suchte Ärger darin und fand keinen, trat zu ihm hin. Genau in dem Moment, als sie sich schon streckte, um besser in den Wagen sehen zu können, öffnete er die Tür zum Rücksitz und verschwand mit dem Oberkörper im Wageninneren. Er hob einen Hund heraus und noch einen. Da saß nun ein Pärchen ausgewachsener Beagle und blickte sie beide an, Ernst und Johanna. Auch die Eltern schauten erwartungsvoll, als hätte jemand laut *Tata!* gerufen. Johannas Mutter grinste, als wäre Johanna sieben und die Hunde zwei rosa Ponys. Johannas Vater hatte ein Gesicht wie ein Leben lang Zuckerwatte. Nur Ernsts Vater sprach, und an Johanna zogen die Satzfetzen

»aus dem Tierheim«, »die alte Vorbesitzerin« und »schwere Erkrankung« vorbei. Das Reh in Johannas Kopf versank im See. Sie ging in die Knie und streckte die Hand aus.

Als sie danach wieder im Wintergarten saßen und den Hunden durch die offene Terrassentür beim Spielen zusahen, Johanna ihrer Baghira, Ernst seinem Balu, aß sie ein zweites Stück Kuchen, eines, das diesmal nicht nach Styropor schmeckte. Ihre Eltern erklärten ihnen, es sei an der Zeit, ernsthaft Verantwortung für ein anderes Lebewesen zu übernehmen. Johanna hatte sich das letzte Mal einen Hund zum Geburtstag gewünscht, als sie elf gewesen war, und dabei auch eher an einen Welpen gedacht. Sie fütterte die elterliche Erziehungsmaßnahme unter dem Tisch mit Kuchen. Die Hündin leckte Johanna die fettig glänzenden Finger. Johanna befühlte die langen weichen Ohren. Baghira legte Johanna den Kopf auf den Schoß. Johanna beschloss, Verantwortung zu übernehmen. Schwimmen waren sie jedenfalls nie wieder in diesem See. Die Wahrheit hat sich längst aufgelöst.

Nachdem sie überall die Erde festgeklopft hat, ist fast kein Hügel mehr vorhanden. Nur eine kahle Stelle, die das Herbstlaub schnell verdecken wird. Johanna wird zu Ernsts Eltern gehen und Balu erzählen müssen, was passiert ist. Die beiden Hunde haben sich jeden Tag ihres Lebens gesehen. Balu wird seinen Kopf in ihren Schoß legen wie Baghira schon am ersten Tag, er wird sie ansehen, scheinbar verlegen zwinkern, und er wird nicht verstehen. Es wird im Haus immer noch nach Butter und Vanille riechen, nur Ernst wird nicht da sein, weil er ja nach China musste, auf der Suche nach seiner Herkunft, zu seiner ganz persönlichen Art von Wurzelbehandlung. In der Zwischenzeit wird ihr kleiner Bruder hoffentlich den Vater abgeholt und an seinem Bestimmungsort abgeliefert haben, und die Rückbank seines Autos wird bereits wieder leer sein. Johanna klopft noch ein paar Mal mit dem Spaten auf die Erde, reine Schönheitskorrektur.

Als sie später ihren Vater dann endlich tatsächlich verabschiedet hat, setzt sie sich im Esszimmer auf die Bank, stützt das Kinn in die rechte Hand und streckt die Beine unter dem Tisch aus. Ihr Rücken schmerzt. Sie versucht, nicht an Baghira zu denken, die in der türkisen Bettwäsche ein letztes Schläfchen unter dem Apfelbaum hält. Das ständige Schlucken bereitet ihr Halsschmerzen. Einer von Johannas Füßen rutscht über etwas Glattes auf dem Boden. Sie bückt sich, sieht eine Postkarte unter dem Tisch liegen, die aus einem Stapel alter Papiere gefallen sein muss, als sie diese am Morgen zum Container getragen hat. Beinahe wäre sie bei dem Versuch, sie zu greifen, von der Sitzbank gestürzt, bekommt die Karte gleich darauf in die Finger und richtet sich wieder auf. Noch in der Bewegung beginnt sie zu lesen. Es ist die Handschrift ihres Vaters. Unter dem Text sein Vorname. Wiederum darunter ein Datum. Johannas Augen weiten sich. Ganz egal, welche Vorstellungen es davon gibt, was einem in solchen Momenten durch den Kopf gehen sollte – sie denkt nur: »Das ist jetzt einfach zu viel.«

3

Johannes hielt den nicht mehr ganz so kleinen Ernst hoch, damit dieser durch das Sichtfenster in den Stock hineinblicken konnte. Drinnen tanzte eine Biene schwänzelnd den anderen den zu fliegenden Weg vor.

»Weißt du«, erklärte Johannes, »Bienen wissen sogar, dass die Erde rund ist. Sie können die Erdkrümmung in ihren Ortsangaben berücksichtigen. So wie diese sich bewegt, heißt es, dass das, was zu suchen ist, weit entfernt liegt.« Ernst nickte langsam, das machte er seit Neuestem, bedächtig fast, während er das Wort »Erdkrümmung« wiederholte.

»Weil die Erde eine Kugel ist«, fügte Johannes an.

Wieder nickte Ernst, diesmal beinahe in Zeitlupe.

»Darum ist auf der Erde keine Strecke wirklich gerade.«

Nicken.

»Weißt du, was ich meine?«

Nicken.

»Wirklich?«

»Ja, Papa«, sagte Ernst dann, und Johannes lächelte.

Ein trauriger alter Mann

»Dein Vater ist dein Vater, denn er war immer für dich da.« Das ist also der einzige Satz, den Johannas Mutter sich in ihrer E-Mail in Bezug auf die Postkarte abgerungen hat. Johanna lacht, als sie das liest, ein Mal sehr kurz und ausgesprochen laut: »Ha!« Dann klappt sie den Laptop zu, legt die Zeitung darauf, wie sie es jedes Mal tut, wenn sie die Wohnung verlässt, und geht in den Park. Dabei hält sie den Rücken gerade, zieht die Schultern zurück und sieht fest in die ihr entgegenkommenden Gesichter.

Der Kies stiebt unter den Rädern der Kinder zur Seite. Väter oder Mütter laufen dem davonrollernden Nachwuchs hinterher. Johanna stellt ihre Tasche neben der Holzbank ab.

»Johanna, wie wunderbar, dich hier zu sehen.« Der alte Mann zwinkert in die Herbstsonne, die bereits tief steht. Die langen Schatten der Gebäude liegen auf den Wiesen.

»Herr Glantz, wie ist das werte Befinden?«

»Willst du dich nicht setzen?«

»Gerne.« Johanna nimmt neben Glantz Platz, seufzend, in einem angemessenen Abstand, aber nicht zu weit von ihm entfernt. »Wo ist denn Gloria?«

»Gloria ist verliebt.« Glantz weist in die Richtung des eingezäunten Hundebereiches. Er deutet mit dem Mittelfinger, was Johanna jedes Mal dazu verführt, den Finger zu betrachten und nicht das, worauf er zeigt.

»Tatsächlich? In wen?«

»Einen Pekinesen. Ein Tier, das ein Hund sein möchte,

aber aussieht wie ein Sofakissen, geschneidert aus einem Flokatiteppich, und Geräusche von sich gibt, die einem Ferkel besser zu Gesichte stünden. Und wie verliebt sie ist! Man möchte meinen, sie wäre wieder ein junges Hündchen.«

Johanna hält Ausschau nach Gloria. »Das ist schön«, sagt sie in Richtung der Hunde. »Wirklich schön.«

Wieder atmet sie hörbar ein und aus. Glantz registriert das, sagt aber nichts. Während Johanna Gloria zusieht, die mit dem Pekinesen unbekannten Namens wie toll durch die Hundezone tobt, denkt Johanna daran, wie sie Herr und Hündchen zum allerersten Mal hier im Park getroffen hat: Auf der Bank ihr gegenüber hatte ein hagerer Mann Platz genommen, sein Anzug, sein Hund, alles in einheitlichem Graubraun, alles bereits etwas verschlissen. Vorgeblich beobachtete Johanna ein Federballspiel auf der Wiese hinter ihm, dabei vermaß sie den auffallend hochgewachsenen Alten, neben dem der Minimalteser noch minimierter wirkte, mit drei schnellen Blicken, Zehen–Knie, Knie–Schultern, Schultern–Schopf. Würde er die Schultern nicht so hängen lassen, hätte er die Nase nicht in Richtung Zehen gesenkt, würde er die Hände nicht gefaltet zwischen seinen Knien verstecken, wäre er eine stattliche Erscheinung. An den Füßen hatte er braune Sandalen, keine Socken. Plötzlich zog das Objekt ihrer Neugierde seine Aufmerksamkeit von dem Tier ab, fixierte seinerseits Johanna und begann vorsichtig, wie um die Knochen nicht durcheinanderzubringen – er musste wohl jeden einzeln bedenken und bewegen –, sich zu erheben. Er bedeutete dem Hündchen, ihm zu folgen, und kam ebenso bedacht, wie er sich erhoben hatte, auf Johanna zu. Bei ihr angekommen, ließ er sich neben ihr nieder, was wirkte, als hätte er künstliche Knie, in denen rostige Zahnrädchen mit einem klickenden Einrasten jeden Beugungswinkel kurz fixierten, bevor sie ihn wieder freigaben.

»Ich bin ein trauriger alter Mann.«

»Wie bitte?«

»Das haben Sie doch gedacht.«

»Was?«

»Dass ich, dort auf meiner Parkbank, ein trauriger alter Mann bin.«

»Ich ...«

»Ich bin ein trauriger alter Mann.«

»...«

»Aber das macht nichts.«

»...«

»Ich bin allerdings auch ein glücklicher alter Mann. Nur eben nicht andauernd.«

Immer noch hatte Johanna keine Vorstellung davon, welche Rolle ihr in diesem Gespräch zukommen sollte.

»Wissen Sie, der Mensch hat ein Recht darauf, traurig zu sein. Sind Sie manchmal traurig? Das ist gut. Traurig sein ist gut. Lassen Sie sich das nicht nehmen, auch jungen Menschen steht es zu, ein wenig melancholisch gestimmt zu sein, ja, wirklich ... Nichts, wofür man sich schämen müsste.«

Gerade heute würde Johanna ohne zu zögern zugeben, dass sie eine Art von Trauer fühlte, und sie wünscht sich zurück an jenen Tag ihrer ersten Begegnung, um alles noch einmal von vorne zu spielen. Beide Augenbrauen hoch zum Haaransatz gezogen, hatte Johanna damals dem Hündchen eine Hand hingehalten, damit es daran schnüffeln konnte. Das Tier reagierte wohlwollend und zeigte Johanna eine winzige hellrosa Zunge, ein labbriges, feuchtes Fetzchen, das begeistert die eigene schwarze Nase beleckte.

»Glantz«, sagte der alte Herr, von dem Johanna mittlerweile glaubte, dass er in Wahrheit gar nicht so alt war.

»Wie bitte?«

»Mein Name ist Glantz, Waldemar Glantz.«

Waldi. Ein Mann namens Waldi, dachte Johanna.

»Und das ist Gloria.«

Das Hündchen blinzelte.

»Ich habe sie nach meiner verstorbenen Frau benannt.«

Glanz und Gloria. Ich bin in einem Film, dachte Johanna weiter und musste gleichzeitig die Kontrolle über ihr Gesicht aufgegeben haben, denn Glantz lachte auf.

»Entschuldigen Sie meinen Scherz, das ist nicht wahr. Meine Frau hieß Esther.«

»Johanna«, sagte Johanna und spürte, dass sie den Mann mochte.

»Es freut mich sehr, Johanna.« Er streckte ihr seine Hand entgegen.

»Die Freude ist ganz meinerseits, Herr Glantz, ganz meinerseits.« Sie ergriff die Hand und drückte sie zuerst leicht und zum Abschluss kurz ein wenig fester. Die Hand war unerwartet weich, die Haut fühlte sich so dünn an, wie der Anzugstoff zu sein schien. Jetzt erst fiel ihr auf, dass Glantz' Haare zu einem jugendlich wirkenden Seitenscheitel frisiert waren und dass in seinen Augen, graubraun wie der Anzug und Gloria, ein heller Schein lag, als brannte in seinem Hinterkopf eine Kerze, deren Licht sich innen an den Pupillen spiegelte.

Später hatte Glantz Johanna noch erzählt, dass Esther bereits vor einiger Zeit verstorben war und er sich kurz danach den Hund gekauft und Gloria getauft hatte.

»Sie leben also alleine?«, hatte Johanna gefragt.

»Ich lebe mit Gloria.«

»Wie geht es deinem Vater, Johanna?«, fragt Glantz nun.

»Ach, es geht ihm ...«, beginnt sie, führt aber nicht aus, wie es ihm geht, weil sie es selbst nicht genau weiß, obwohl sie ihn an diesem Tag besucht hat, und weil da ja noch diese andere Sache war, diese Erkenntnis, die alles umgeworfen hatte: eine handelsübliche Postkarte. Nicht einmal drei ganze Sätze in der Handschrift ihres Vaters, an ihre Mutter gerichtet. Ohne Adresse, ohne Marke, also direkt in den Briefkasten am Haus eingeworfen. Wie schön es gewesen sei, sie, Michaela, gestern kennengelernt zu haben. Ein Datum. Mehr hatte sie nicht gefunden, mehr hatte sie aber auch nicht finden müssen, um zu verstehen: Ihr Vater hatte ihre Mutter erst kennengelernt, als diese bereits mit Johanna schwanger gewesen war. Ihr Vater war nicht ihr Vater.

Sie möchte Glantz gerne davon erzählen und davon, dass Baghira nun im Garten unter dem Apfelbaum liegt, auch davon, wie sie selbst heute im Aufenthaltsraum der betreuten Wohngemeinschaft ihres Vaters gesessen und in einen trostlosen kleinen Garten hinausgesehen hat, den irgendjemand auf den freien Flächen zwischen den Gebäuden angelegt hatte, und sich vergeblich dessen Trostlosigkeit als vorübergehend bewusst machen wollte und wie sie die vorher bei Lidl gekaufte Packung *After Eight* umklammert hielt.

Sie hatte sich gewünscht, ihr Vater würde ihr aufrecht entgegenkommen, mit mildem Blick, und sich zu ihr auf das Sofa setzen, wo sie eine Unterhaltung führten, irgendeine belanglose, an deren Ende er einen kleinen Witz machen würde, der sie zumindest zum Schmunzeln brächte. Doch so war es nicht gewesen.

Ihr wurde mitgeteilt, dass ihr Vater, und jedes Mal, wenn ihn jemand als ihren Vater bezeichnete, zuckte sie nun innerlich zusammen, sein Zimmer nicht verlassen wolle, sie könne aber zu ihm in seinen persönlichen Bereich kommen, dem habe er zugestimmt.

Dort hatte er dann auf seinem Bett gesessen. Seine Haltung sagte ihr, dass er einen schlechten Tag hatte.

»Hallo?«

Er hob den Kopf. Sein Blick war nicht zu deuten. »Johanna?«

»Ja.«

Kurz sah er sie prüfend an. »Sie haben mir gesagt, dass du da bist ...«

»Warum möchtest du nicht in das Wohnzimmer kommen?«

»Manchmal wache ich auf und weiß nicht, wo ich bin.«

»Das passiert jedem mal.«

»Johanna, wo bin ich?«

»In deiner neuen Wohngemeinschaft.«

»Wo ist deine Mutter?«

»Immer noch in Peru. Du weißt, was sie da macht?«

Er schien unsicher, trotzdem bejahte er.

»Ist alles in Ordnung?«, fragte sie nach.

»Jaja.« Sein Kopf wankte.

Johanna setzte sich zu ihm auf das Bett. »Ich ... ich muss dich etwas fragen«, begann sie.

»Ja.«

»Hier, diese Postkarte, kennst du die?«

Sie streckte ihm ihr Fundstück entgegen, er warf nur einen Blick darauf und wandte sich gleich ab. »Nein.«

»Bitte, nimm sie in die Hand, schau sie dir genau an!«

»Nein.«

»Wieso nicht?«

»Ich kenne sie nicht. Ich weiß nicht, was das soll.«

Er wirkte ängstlich. Johanna wusste, dass sie ihn nicht aufregen sollte, nicht versuchen, ihn zu zwingen, sich an etwas zu erinnern.

»Bist du sicher?«, fragte sie noch einmal, er gab ihr jedoch keine Antwort mehr. Das Wackeln des Kopfes hatte sich auf den Oberkörper ausgebreitet und war zu einem Wanken geworden.

Sie holte tief Luft, doch dann ließ sie ihren Atem wieder durch die Nase ausströmen, ohne diese eine Frage gestellt zu haben, die Frage nach seiner Vaterschaft. Das Datum sagte alles. Johanna musste ihn nicht drängen, etwas zuzugeben. Auch wenn ihre Mutter sich standhaft weigerte, ihre Fragen zu beantworten.

Nachdem klar war, dass er sowieso nicht weiter mit ihr

sprechen wollte, verließ sie sein Zimmer. Bevor sie die Tür schloss, meinte sie ihn flüstern zu hören: »Ich kenne sie, ich kenne sie.« Aber wahrscheinlich hatte sie sich da getäuscht.

Alles wäre besser als solch ein Besuch. Es könnte ihr gefallen, sich mit ihm hier im Park auf einer Bank niederzulassen, schweigend ein, zwei Stunden rein der Beobachtung ihrer Umgebung zu widmen, nur um von Zeit zu Zeit einander still auf etwas hinzuweisen, einen ungewöhnlichen Vogel vielleicht, ein weinendes Kind. Ja, es könnte ihr gefallen, hier mit ihm zu sitzen anstatt mit Glantz, obwohl gegen Glantz nichts einzuwenden ist, im Gegenteil. Kein Wort müsste gesprochen werden, wenig gedacht. Am Ende würde jeder in sein Zimmer zurückkehren, überzeugt, dass genau nichts passiert war, und das wäre gut so.

Glantz unterbricht ihre gedankliche Wiederholung des Vaterbesuches mit einem bedeutsam betont ausgesprochenen: »Johanna, ich möchte, dass du mir jetzt gut zuhörst.«

»Haben Sie eigentlich Kinder?«, fragt Johanna ihn, ohne auf seine Bitte einzugehen.

»Kinder? ... Nein ... Doch ... Ich hatte genau sechs Monate lang einen Sohn.«

Der Pekinese wird an die Leine genommen, Gloria ist enttäuscht. Sie versucht, ihm zu folgen, doch die Besitzerin des Pekinesen wehrt sie ab.

»Sechs Monate lang. Sechs Monate lang war meine Esther schwanger. Und dann hatte sie eine Fehlgeburt.«

Mit heraushängendem rosa Zungenlappen kommt Gloria angejapst. Glantz streckt die Hand nach ihr aus.

»Hat man einmal ein Kind verloren, Johanna, weiß man nicht ... Man weiß nicht, ob man das ein weiteres Mal riskieren möchte. Esther, meine Esther, sie hat behauptet, sie könne keine Kinder mehr bekommen, die Fehlgeburt hätte etwas in ihr kaputt gemacht, und das hat sie wohl auch, nicht biologisch, sondern in ihrem Herzen.«

»Das tut mir leid, ich wollte nicht ... Ich hätte nicht danach fragen sollen.«

»Ach, Johanna, unser Schmerz macht uns mehr zu den Menschen, die wir sind, als unsere Freude.«

Ob man so viele Jahre später noch Beileid wünschen sollte, das fragt Johanna sich, als Glantz versucht, damit fortzufahren, wobei er eben unterbrochen worden ist. Nun seufzt er.

»Johanna, ich möchte, dass du mir gut zuhörst.«

Gloria, die inzwischen zu ihren Füßen hechelnd Platz genommen hat, merkt auf, wie um Johanna vorzumachen, was sie zu tun hat.

»Johanna, ich gebe dir jetzt meinen zweiten Wohnungsschlüssel, also mein zweites Schlüsselpaar. Der eine ist für die Haustür, der andere für die Tür zu meiner Wohnung. Es ist mir ein Anliegen ... Bitte, wenn sich der Verdacht ergibt für dich, dass etwas bei mir nicht in Ordnung sein könnte, warum auch immer, sieh nach, wie es mir geht.« Mit seiner Hand greift er Johannas, legt ihr die Schlüssel auf die Handfläche und lässt sie eine Faust machen.

»Aber ...«

»Sieh einfach nach.«

»Wieso ...«

»Ich bin krank, Johanna, ich glaube es, nein, ich weiß es. Bitte, sieh einfach nach.«

»Krank? Aber, Herr Glantz ...«

»Das tut nichts zur Sache. Versprich es mir, bitte.«

Johanna hält die Schlüssel fest. »Das werde ich machen, Herr Glantz, ich verspreche es.«

»Du bist ein gutes Kind, Johanna, eine wunderbare junge Dame.«

Glantz sieht sie an, und ihr kommt es vor, als unterdrückte er ein paar Tränen, vielleicht hat er noch einmal an seine Esther gedacht, vielleicht an die Kinder, die sie nie hatten, vielleicht auch an die Möglichkeit seines bevorstehenden Ablebens.

»Wollen Sie meine Telefonnummer, Herr Glantz, für Notfälle? Warten Sie, ich schreib' sie Ihnen auf.« Johanna sucht in ihrer Umhängetasche, findet einen Werbekugelschreiber und einen alten Briefumschlag, dort notiert sie ihre Nummer und gibt sie dem Mann neben ihr.

»Danke, danke sehr. Ich werde dir ... Ich werde dir nicht auf irgendeine Weise zur Last fallen. Falls es dir unangenehm ist – ich kann meine Schlüssel auch in dem Laden an der Ecke abgeben, dort, wo ich manchmal einkaufe, die könnten ...«

»Es ist in Ordnung, Herr Glantz, vollkommen in Ordnung.«

»Und Gloria ... Falls ich nicht mehr da sein sollte, gib sie bitte nicht in ein Tierheim, es wird sich schon jemand finden, sie ist so ein lieber Hund und auch so klein, man kann sie sogar in einer Handtasche tragen, das machen die jungen Damen heute ohnehin gerne, ihre Hunde in einer Handtasche herumtragen, nicht wahr?«

»Das ist wahr. Ich werde auf sie aufpassen. ... Aber Herr Glantz?«

»Ja?«

»... Ach, nichts.«

»Ich danke dir, Johanna, danke.«

»Nichts zu danken, Herr Glantz, nichts zu danken.«

Um von den bisherigen Gesprächsthemen abzulenken, erzählt Johanna Glantz von Ernsts Chinareise und nicht von Baghira. Glantz meint, es sei schön zu sehen, wie viele Möglichkeiten die jungen Leute heute hätten, vor allem, was das Reisen betreffe. Sie entgegnet, das mache es nicht einfacher, vor allem, wenn es darum gehe, sich zu entscheiden.

»Gibst du dem Menschen die Freiheit, Johanna, so sagt er: Ich fühle mich so leer. Und er versteht dabei nicht, dass dieses Gefühl der Leichtigkeit nur die Abwesenheit von Einengung ist. Statt sich über den fehlenden Ballast zu freuen, sucht er sich einen Mühlstein, den er sich um den Hals hängen kann, damit er nur ja nicht vor lauter Leichtigkeit davonfliegt.«

Sie schweigen. Johanna überlegt: Woher weiß man, ob es nun Leere oder Leichtigkeit ist? Gibt es eventuell gar keinen Unterschied, ist beides Leere, eine gute und eine schlechte Art davon?

»Weißt du«, sagt Glantz plötzlich, »Freiheit, das ist so eine Sache. Wenn zwei wirklich freie Menschen einander begegnen, so ist es wohl ihre größte Freude, aus freien Stücken aufeinander Rücksicht zu nehmen.«

Johanna brummt zustimmend.

»Andererseits: Glaub' auch nicht alles, was ein alter Mann dir sagt. Ich sollte jetzt ohnehin gehen.«

Glantz ruft nach dem Hund, der genau vor ihm sitzt und als Antwort japst, steht auf, nimmt Gloria an die Leine und verabschiedet sich: »Das Nachtmahl kocht sich nicht von selbst, liebe Johanna, eine schönen Abend noch!«

Sie hebt die Hand an einen unsichtbaren Hut, Glantz tippt an den realen, den er an diesem Tag trägt und der ihn noch größer wirken lässt. Sie senken beide kurz das Kinn. Johanna liebt diese Geste.

»Bis übermorgen, Herr Glantz, morgen muss ich in die Arbeit. Sie können mir ja aus dem Fenster winken, wenn ich an der Straßenbahnstation vorbeikomme. Einen wunderschönen Abend noch! Tschüss, Gloria.«

Und da gehen sie hin, Richtung Sonnenuntergang, der Alte im flatternden Anzug und das Hündchen, das dort am anderen Ende der Leine nur dazu vorgesehen scheint, den leichten Mann zu erden.

Erst als Glantz und seine Gloria schon lange verschwunden sind, macht auch Johanna sich auf den Heimweg. In ihrer Stofftasche klimpern nun zwei Schlüsselbunde, als sie sich erhebt. Sie nimmt den breitesten der Pfade, stellt sich vor, sie würde eine Hauptallee entlang in ein neues Leben gehen, dabei ist es nur ihr altes Leben im Licht einer neuen Wahrheit.

Vor der Straßenbahnstation bleibt sie kurz stehen, diesmal auf der ihrer Wohnung gegenüberliegenden Seite. Von hier aus kann sie nicht sehen, dass in Glantz' Küche bereits Licht brennt. Johannas Wohnung hat nur ein Fenster in den meistenzeits sonnenlosen Hof hinaus. Sie stellt sich auf die Zehenspitzen, lässt die Fersen wieder zu Boden sinken, verlagert das Gewicht auf die Außenseite der Füße, sodass sich die Schuhsohlen fast komplett vom Asphalt lösen, steht da, o-beinig, kippelig. Fast wünscht sie sich, zum Bahnhof zu fahren, hinaus aus der Stadt, durch die Lavendelfelder, die in den Sommermonaten ein im Wind violett wogendes Meer sind, durch das der Zugführer die ständig ein wenig schlingernden Waggons steuert, mit ihr darin, während sie seekrank ist und jäh voll Heimweh. Da piepst ihr Telefon, und auf dem Display erscheint eine SMS von Ernst. Johanna bemerkt, dass sie lächelt. In China ist es gerade mitten in der Nacht.

Zu Hause angekommen, schaltet Johanna sofort den Fernseher ein, weil die Stille sie zurzeit verrückt machen will, sie bleibt an *Star Trek: Raumschiff Voyager* hängen. Die Mikrowelle wärmt ihr Abendessen, während Captain Kathryn Janeway die ethischen Grundsätze der Föderation auch im letzten Winkel des Deltaquadranten hochhält. Die eigenen Überzeugungen sind schweres Gepäck, vor allem wenn man weit weg von zu Hause ist. Die Fernsehsendung ist ein Stück Ernst, das sich da auf einmal in ihrem Wohnzimmer findet, eine seiner Lieblingsserien. Gerne und oft hat er betont, wie lächerlich es ist, einen Schauspieler offensichtlich chinesischer Abstammung, Garrett Wang, ein Crewmitglied mit dem koreanischen Nachnamen Kim spielen zu lassen. Daraufhin hatte Johanna jedes Mal auf den Umstand hingewiesen, dass es doch viel seltsamer sei, wie sehr alle wichtigen Crewmitglieder von Sport und Kultur der USA des 20. Jahrhunderts fasziniert sind.

Im Fernseher sagt Kes: »Auf meinem Heimatplaneten ist das viel einfacher, wir wählen einen Partner fürs Leben. Es gibt kein Misstrauen, keinen Neid und keinen Betrug.«

Der Doktor antwortet: »Die Literatur Ihrer Welt kann nicht sehr aufregend sein.«

上有天堂

Shàng yǒu tiāntáng[3]

Ein Phönix und ein Drache stritten sich um eine Perle. Als diese zu Boden fiel, entstand der Westsee. Der See ist eine Schönheit, sagen die, die hier wohnen, ich hingegen sehe nur Wasser, fünfhundert Hektar davon, auf denen ich eben noch in einem Boot herumgegondelt bin, einem Gefährt Marke Touristenattraktion, gelbgold und rot bemalt, gemeinsam mit ungefähr zwanzig anderen, allerdings meist einheimischen, Sightseeingjunkies. Zum Glück ging kein starker Wind.

Da vorne fürchtet sich ein Kleinkind vor einem Touristenehepaar. Die Eltern hätten gerne ein Foto, auf dem ihr Kleiner von Ausländern gehalten wird, das Kind aber will nicht. Gebt acht, sonst nehmen sie es noch mit, möchte ich rufen, mit Humor in der Stimme, den Eltern sagen, dass die Westler es eventuell gleich einpacken würden, so sie nur könnten. Das süße Chinesenbutzi. Ich kann die zwei sonnengeröteten Backpacker bis hierher hören, wie sie rumschreien, wie niedlich der Kleine ist. Was für den einen niedlich ist, ist für den anderen pure Angst. Im Davonlaufen fällt er gleich hin, der Junge, der hat auch so eine witzige Hose an, eine, die am Hintern zu knöpfen ist: Klappe auf, Kind aufs Klo, Kind fertig, Klappe zu. Er weint bereits, während alle anderen weiterhin lachen.

3 上有天堂下有苏杭 (Shàng yǒu tiāntáng, xià yǒu Sū-Háng) Oben ist der Himmel, unten liegen Sūzhōu und Hángzhōu

Ungemein gemein, wenn man in seiner Angst nicht für voll genommen wird. Ich finde, er sieht aus, als ob er etwas sagen wollte, nicht unbedingt mit dem Geschrei, eher als ob er ernsthaft den Mund öffnen und ein Machtwort sprechen möchte, in der Art von: Was denkt ihr euch dabei, mich dermaßen zu ängstigen und gleichzeitig auch noch auszulachen. Kein Elternpaar bittet den Auslandschinesen, also mich, ihr Baby zu halten. Ich bin ja keine lustige *Gāo Bízi*, auch kein furchtbarer *Yáng Guĭzi*, der ihr Söhnchen zu Tränen erschreckt, ich bin nicht einmal ein stinknormaler *Lăowài*, ich bin bloß ein verlorener *Huáqiáo*, was genau soll der Spaß daran sein, mir sein Kind in den Arm zu legen.

Johanna könnte mir ganz genau sagen, was der Junge denkt. Johanna, mein Schwesterchen im Geiste, überlegt, und danach kommt eine Beobachtung, eine Bemerkung aus ihr heraus, die niemand erwartet hat. Wie an dem einen Tag vor Weihnachten, dem Tag der Buttercremetorte. Meine Mutter bot ihr ein Stück an, und Johanna sagte nach längerem Schweigen: Vanille schmeckt nach nichts. Vanille schmeckt nach Vanille, habe ich geantwortet. Kratz das Innere aus einer Vanilleschote und steck es in den Mund, hat sie gesagt, du wirst nichts schmecken. Besonders, wenn du ein bisschen Schnupfen hast. Nichts wirst du schmecken, gar nichts. Echte Vanille riecht nur. Wir lieben Gerüche, wir Menschen: Uns würde wahrscheinlich noch das fadeste Essen begeistern, wenn man es nur mit dem richtigen Geruch beduftet hätte. Ich glaube nicht, dass Johanna es absichtlich macht; dass sie wirklich glaubt, für das Unsichtbare zuständig zu sein, da die offensichtlichen, die hervorstechenden Dinge ja sowieso von allen bemerkt werden. Meine Mutter hat später an diesem Buttercremetortentag, als Johanna nicht mehr da war, zu meinem Vater gesagt, dass Johanna eben schon immer ein interessantes Kind gewesen sei. Mein Vater hat nur abwesend genickt.

Ich war kein interessantes Kind, ich war ein interessiertes Kind, das sagt zumindest meine Mutter in meiner Gegenwart gerne über mich. Wer weiß, was sie aus diesem Satz macht, wenn ich nicht dabei bin. Ein interessantes Kind war ich also nicht, Johanna schon, und beim besten Willen habe ich keine Ahnung, warum Johanna mit mir befreundet sein wollte, das hat sie mir nie verraten, sie hat nur gemeint, das sei so, wie wirklich verliebte Leute einander ja auch nicht sagen könnten, warum sie sich nun genau liebten, das sei eben einfach so, und hat noch angefügt, dass es bei Kindern vielleicht ausreiche, einander im richtigen Moment Kaugummi anzubieten. Als ich ihr einmal vorwarf, sie wolle doch nur ein guter Mensch sein und nett zu mir, dem armen adoptierten Asiaten, eben grundfreundlich, was ich gar nicht ernst meinte, denn ich habe mich selbst nie als arm empfunden, war sie natürlich beleidigt, und zwar so, dass ich kurz dachte, der Vorwurf wäre nicht ganz falsch.

Es geht ein Wind – ich hätte eine Jacke mitnehmen sollen oder zumindest einen Pullover. Dämmrig wird es auch bereits. Was jetzt? Soll ich noch etwas essen, obwohl ich nicht hungrig bin? Das Mädchen dort drüben sieht mich an, soll ich lächeln? Vielleicht will sie mir etwas verkaufen, wie sie jedem Ausländer und überhaupt allen

Touristen hier etwas verkaufen möchte. Langsam widert mich dieses ständige Verkaufenwollen an. Sie kann gar nicht gesehen haben, dass ich Ausländer bin, wie auch, das würde sie wohl erst merken, wenn ich ihr gegenüber den Mund aufmache. So wie als ich diesen Jungen nach dem Straßennamen gefragt habe und der nur lässig auf das Straßenschild zeigte, mit den Worten: Kannst du nicht lesen? Nein, ich kann nicht alles lesen.

Ich lerne. Erst hier klingen manche Sätze so alltäglich und banal, wie sie es sollten, während sie mir früher aus den Mündern der wenigen chinesischstämmigen Besucher meiner Eltern seltsam vorgekommen waren. Jetzt verstehe ich, dass es bloß die wörtliche Übersetzung ins Deutsche war, die es unheilvoll klingen ließ, wenn diese Gäste *»Shíjiān dào le – Die Zeit ist gekommen«* verkündeten, sobald ihr Aufenthalt in unserem Haus zu Ende ging. Noch nachts im Bett hatte mir das schwere Gedanken bereitet: dass irgendwann China vor die Tür Europas treten, leise anklopfen und ohne Bedauern *Shíjiān dào le* sagen könnte, und ich hätte keine Ahnung, ob ich damit gemeint war. In meinen Albträumen wusste ich nicht einmal, auf welcher Seite ich in diesem Fall zu stehen hätte. Diesen Traum hatte ich zum Glück jahrelang nicht mehr.

Obwohl ich also nicht hungrig bin, kann ich den Gedanken nicht verdrängen, dass wenn ich mir jetzt dort drüben an dem Stand einen Snack kaufen und damit die Uferpromenade entlanggehen würde, nachdem ich so lange auf dem Wasser herumgefahren und über die Inseln gewandert bin, dass wenn ich weiterhin nur so in die Gegend schauen würde, das Wetter genießen, das deutliche Plätschern im Zwischenraum zwischen Booten und Anlegestellen, die salzlose Brise, die Natur an sich nach so viel Stadt, wenn ich alles das jetzt tun würde, dass es dann mehr als wahrscheinlich wäre, dass ich mich zumindest für einen Moment vollgekommen gelöst fühlen würde, ein richtiges Fernsehwerbungsurlaubsentspannungsempfinden.

Wo bleibt nun die Frau, die ich treffen soll, hier gegenüber von den Verkaufsständen? Sie ist mittlerweile über eine Viertelstunde zu spät, wahrscheinlich kommt sie einfach gar nicht. Es wäre ohnehin zu schön gewesen: Was für ein Zufall, dass die Sekretärin der Firma, die nun in den Büroräumen ihren Sitz hat, die Nichte der früheren Sekretärin der Adoptionsagentur ist. Und dass sie mich angerufen hat, zwei Tage, nachdem ich mit meinen Fragen vor ihr gestanden habe und sie mir keine Auskunft geben konnte. Ihre Tante habe erlaubt, dass ich mich bei ihr melde, sagte sie nur und gab mir deren Kontaktdaten. Wünschte mir noch nicht mal viel Glück für meine Suche oder etwas in der Art. Ich bin mir gar nicht sicher, ob ich das alles richtig verstanden habe. Das ist wie beim Geheimdienst, ein Treffen an solch einem Ort, so als könnte man nicht einfach in der Stadt einen Kaffee trinken oder etwas essen gehen oder ich zu ihr ins Büro kommen, wo ich sie angerufen habe. Grundsätzlich ist das sehr nett, dass sie sich gleich mit mir treffen wollte, sie hätte auch Nein sagen können. In China sagt man allerdings sehr selten Nein, man sagt Ja, und dann passiert nichts. Man sagt, es sei alles kein Problem, kommt aber nie dazu, es überhaupt auch nur in Erwägung zu ziehen. Nichts ist ein Problem, wenn man sowieso keinen Finger rührt. Die wollte mich am Ende eventuell bloß loswerden, es war ihr peinlich, das Gespräch am Telefon im Büro führen zu müssen, vielleicht hat auch jemand zugehört.

Wie soll ich sie überhaupt erkennen, wenn sie kommt? Es gibt viele Frauen hier, die für mich ähnlich aussehen und vor allem auch ähnliche Kleidung tragen.

Ich sollte vielleicht eine Runde durch die Menschen gehen, es kann ja sein, dass sie bereits hier ist, dass wir uns einfach beide gegenseitig übersehen. Das Mädchen da drüben starrt mich schon wieder an. Sie tut nichts, steht nur neben dem Stand mit den Andenken.

Vor mir stolpert stolz ein Kind mit einem Eis am Stiel durch die Gegend, die Sohlen seiner Schuhe blinken, und jeder seiner Schritte verursacht ein Quietschgeräusch. Das Eis hält es mit beiden Händen fest. Die Mutter ruft ihm zu, der Kleine lacht, der Vater zückt die Kamera, der Kleine lacht, die Großeltern klatschen in die Hände, der Kleine lacht, er geht wie auf Marshmallows, seine Tritte federn, das muss an den Schuhsohlen liegen, und wie er da so auf seine Eltern zugaloppiert, fällt er der Länge nach hin, das Eis vor ihm auf den Boden, quasi genau vor seine Nase, und mit einem Mal ist er ganz still. Seine Augen weiten sich, füllen sich mit Tränen, aber immer noch gibt er keinen Mucks von sich, während der Vater die Kamera der Mutter in die Hand drückt und losläuft, um seinen Spross einzusammeln. Als er den Jungen hochhebt, bleibt das Eis am Boden liegen, der Kleine streckt noch das Händchen danach aus, der Vater ignoriert das, danach wird das Kind weggetragen und in einen Wagen gesetzt, dort von den Erwachsenen umringt, die alle mit Feuchttüchern an ihm herumwischen wollen. Einmal noch reckt er das Ärmchen in Richtung Eis am Boden, wovon niemand Notiz nimmt. Ich möchte hingehen und ihm erklären, dass das, was er da fühlt, der erste unwiederbringliche Verlust ist, dass er dem Eis beim Schmelzen zusehen sollte und etwas dabei verstehen: Dieses Eis kommt nicht wieder. Du kannst ein neues kaufen, aber es wird nicht dasselbe sein. Ganz egal, ob es das gleiche ist. Du wirst es ansehen, und du wirst es wissen. Doch der Junge kaut längst an einem Stück Beef Jerky.

Ich atme durch. Es ist ein schöner Abend. Der Ort ist mir angenehm, auf eine bestimmte Art und Weise. Kann man sich fühlen, als wäre man nach Hause gekommen, wenn man gar nicht weiß, wo zu Hause ist? Ich gehöre hier nicht dazu. Ich verstehe den Dialekt nicht, ich verstehe ihre Kleidung nicht, ich verstehe nicht, wie sie sich ansehen.

Wäre das ein Film, dann würde ich mich jetzt in die Mitte dieses Platzes stellen, die Arme ausbreiten, die Kamera würde mich von weit oben erfassen und ich würde rufen: Hier bin ich, ich bin zurück, willkommen zu Hause, ich. Und die Leute um mich herum würden verständnislos den Kopf schütteln, weitermachen, was sie getan haben. Nur einer vielleicht, einer würde sich mir nähern, er käme mir ein bisschen seltsam vor, aber sehr nett, und er würde mein Freund werden, und wir würden ein Abenteuer erleben, eines mit Wendungen und

Spannungsbögen, und am Ende würde ich bei meiner leiblichen Mutter zu Tisch sitzen, und sie hätte irgendeine gute Geschichte parat, wieso alles passiert ist, wie es passiert ist; sie würde weinen und mich umarmen, und nebenbei hätte ich auf dem Weg zu ihr auch noch eine Frau kennengelernt, mich verliebt, trallala.

Eine gute Nacht

Am Baum im Garten sind die Äpfel überreif, und von Zeit zu Zeit fällt einer zu Boden.

Die Maklerin wieselt an Johanna vorbei in den Vorraum. Johanna schiebt das vibrierende Handy zurück in ihre Hosentasche. Sie möchte die Tür zuschlagen, sie fühlt die Versuchung, auch noch den Schlüssel im Schloss umzudrehen, einfach mitten am helllichten Tag abzuschließen, in das eigene Zimmer zu gehen und sich die Decke über den Kopf zu ziehen: Gute Nacht. Nur noch über diese Postkarte nachdenken, darüber, was sie alles bedeuten kann.

Dann gute Nacht. Das hatte der Mann, der ihr, laut ihrer Mutter, zeit ihres Lebens ein Vater gewesen ist, gerne gesagt. Wenn das und das passiert: dann gute Nacht. Was für eine immens sinnlose Aussage, hatte sie immer gedacht. Doch jetzt, jetzt versteht sie, dass dieses *Gute Nacht* sehr genau ein Gefühl beschreibt: Etwas geschieht, und man geht bloß hin und zieht sich die Decke über den Kopf, weil es keine angemessenere, bessere Reaktion darauf gibt.

Stefan hat angerufen. Nun schickt er noch eine Textnachricht: »Es gibt große Neuigkeiten.« Ja, es gibt große Neuigkeiten, denkt Johanna, schreibt aber nicht zurück. Wie soll sie ihm auch sagen, was sie vermutet, oder gar, noch schlimmer, den Teil erzählen, dessen sie sich sicher ist. Johanna möchte nichts anderes tun, als an das Küchenfenster treten und hinaussehen, jedes Detail festhalten, als würde sie den Garten kartografieren: Die Regentonne ist umgefallen. Eine kleine Schaufel, gelb, liegt auf dem Rasen. Sieht aus wie Sandkastenspielzeug. Das Stückchen frisch umgegrabene Erde wird ein weißer Fleck auf der Landkarte sein. Schuld ist es, was Johanna beim Betrachten der aufgerissenen Stelle in der Grasnarbe fühlt; Schuld, weil sie auch erleichtert gewesen ist, dass die Hündin das Problem ihrer zukünftigen Bleibe selbst gelöst hat, noch bevor es sich ernsthaft stellte. Arme Baghira. Armer Vater. Johanna starrt wieder die Schaufel an. Stefan und sie haben nie einen Sandkasten besessen. Vielleicht steht sie ja in einem Paralleluniversum, das nur der Vater geistig bewohnt und in dem er für seine Kinder einen Sandkasten gebaut hat; vielleicht ist das gelbe Spielzeug ein Artefakt dieser anderen Wirklichkeit, vielleicht überschneiden sich hier Welten. Sie dachte eigentlich, er vergesse nur, drifte ab: Noch sitzt man an der Erinnerung wie an einem Strand, und schon nimmt einen die Ebbe mit. Verliert man sich in Unterwasserströmungen. Hört die Sirenen singen. Ihr Vater (wie sollte sie ihn nennen? Ein böser Märchenstiefvater war er ihr nie gewesen. Vielleicht Lebensvater, als Gegenstück zum Zeugungsvater? Bei einem Zusammentreffen mit Fremden, würde man dann auf ihn weisen und sagen: Und das ist mein Lebensabschnittsvater?) ist nie am Meer gewesen.

Der Sommer hat Flecken in das Gras der Wiese hinter dem Haus gebrannt, die wird man lange noch sehen.

Hinter den Bäumen am Ende des Gartens kann man das AKW erahnen. Sie überlegt, ob sie einen Kaffee machen soll und der Maklerin ebenfalls einen anbieten – denn wer wäre sonst da, um ihn zu trinken? Überhaupt ist sie ja hier zurückgelassen worden, um alles aufzubrauchen, wegzukonsumieren. Wie den Filterkaffee.

Johanna hat viel zu tun. Sie muss nicht nur den Kaffee aufbrauchen, sondern auch entscheiden, was bleiben darf und was gehen muss. Die Maklerin hat gesagt, möblierte Häuser verkaufen sich besser. Möbliert. Aber nicht vollgestopft. Das hat ihr Blick gesagt. Es müsse Raum sein für die zukünftigen Wohnträume der Käufer, hat sie noch ergänzt und gelächelt. Das heißt, Johanna muss weiter packen. Ihren Bruder und ihren Vater haben sie schon erfolgreich aus diesem Haus herausgepackt, nun ist die Mutter dran, angefangen bei ihrem Nähkorb und dem Bücherstapel, der wohl auch ihr gehört.

»Mach, was du willst, mit dem alten Zeug«, hatte sie geschrieben. »Ich habe alles.« Womit sie Johanna hatte mitteilen wollen, dass sie einer dieser wunschlos glücklichen Menschen war, einer von denen, denen Materielles keinen Halt bedeutet, sondern nur Ballast. Wie oft hat sie gesagt »Ihr kommt auch ohne mich aus«, wie eine Entschuldigung hat sie das wiederholt, gefolgt von einem: »Aber andere …«

»Die Bedürftigen, das sind immer die anderen«, hatte der Vater ihr einmal an den Kopf geworfen und damit gemeint: Alle sind dir wichtiger als deine eigene Familie. Später an diesem Tag stritten die Eltern in ihrem Schlafzimmer weiter, und Johanna hörte noch, wie der Vater die Mutter anschrie, sie wäre ja wohl der schlechteste Gutmensch, der ihm jemals untergekommen sei.

In wie viele Taschen passt dieses Haus? Man hätte dem Vater sagen sollen, dass er mitnehmen muss, was er tragen kann, denkt Johanna, der glaubt ja, er kann jederzeit zurück, würde das Haus nur auf Probe verlassen. *Nur keine Aufregung* ist das Motto dieser Mission, nur kein Tumult im Gehirn, nur keine Revolte hinter den Augen, alles, nur das nicht. Der Zerfall hat in schönster Ordnung abzulaufen. So wie damals, als die Mutter den Vater verließ und so tat, als wäre dieses Fortgehen nichts weiter als ein nachzuholender Urlaub, noch dazu einer mit sinnvollem Inhalt. Als wäre sie eine Maturantin nach ihrem Schulabschluss und hätte eine ganze Welt zu sehen, bevor der Alltag anfängt. Es wäre Johannas Zeit gewesen, wegzufahren. Ein halbes Jahr, ein ganzes. Die Mutter ist seit über drei Jahren fort, bald sind es vier. Die Ausdehnung der Ausdehnung.

In Johannas Rucksack warten weitere Bücher von ihrer Leseliste auf die schnelle Durchsicht. Auf die Triage, wie ihr Betreuer gerne sagt und dabei lacht. *Die Bewältigung jugendtypischer Entwicklungsaufgaben im Kontext der Familie. Ein Vergleich adoptierter und nicht adoptierter Jugendlicher.*

»Ha!«, macht Johanna, als sie an diesen Titel denkt, und noch einmal, leiser: »Ha.«

Von irgendwoher fragt die Maklerin: »Haben Sie etwas gesagt?«

»Möchten Sie einen Kaffee trinken?«, ruft Johanna zurück.

»Das kannst du doch nicht!«, ist Ernst beinahe laut geworden, als ihm Johanna das erste Mal von ihrem Plan für die Abschlussarbeit berichtet hat, und hat dabei das Wort *machen* verschluckt.

Sie nahm nicht an, dass dieses »Das kannst du doch nicht!« ein Hinweis auf mangelnde Kompetenz ihrerseits sein sollte. Dass man Freunde nicht für wissenschaftliche Arbeiten verwenden soll, nicht darf, das hat er nicht gesagt – hat er auch nicht aussprechen müssen. »Rein fachliches Interesse«, hatte sie ihm erklären wollen, aber das hätte er ohnehin nie geglaubt. Zu Julia hat sie es dann doch gesagt, um wenigstens eine Verbündete zu haben, aber die hat daraufhin gefragt: »Ja, aber wo kommt dieses Interesse her?«, und Johanna scharf angesehen. Die wusste bis dahin nicht einmal, wie das wirklich ist, wenn einen jemand scharf ansieht. Und das noch dazu von jemandem wie Julia, die selbst so diffus ist.

Noch immer starrt Johanna aus dem Küchenfenster, rührt keinen Finger, um den Kaffee zu kochen. Was unter der Grasdecke alles verborgen liegen könnte, fragt sie sich: Kinderpiratenschatz. Alte Hühnerknochen. Der Bauschutt vom Haus.

»Nehmen Sie die Bilder von den Wänden«, sagt die Maklerin, nun im Esszimmer.

Diese Maklerin, die irgendwie einfach da gewesen war. Unheimlich schnell. Wie vorher schon anwesend und nur plötzlich sichtbar geworden. Johanna sollte ihr durch das Haus hinterherlaufen. Die Maklerin zieht Schleifen wie ein Flugzeug ohne Landeberechtigung.

»Bis auf so etwas. Und das da.«

Sie deutet auf ausgewählte Fotografien, Drucke, Ölbilder. Sie hätte auch gleich sagen können: Entfernen Sie sich. Nehmen Sie sich aus dem Haus heraus. Entpersonalisieren Sie es.

»Ach, das ist aber nett. Es muss trotzdem weg.«

Das ist ein Foto von Ernst und Johanna. Er hat ihr den Arm um die Schultern gelegt. Beide haben noch Kinderwangen. Johanna sagt nichts.

»Die Bücher dürfen im Regal bleiben, das vermittelt etwas.«

Ein paar *Was ist was*, geografische Bildbände, eine Sammlung über die Weltreligionen, ein Atlas. Wohnzimmerbücher. Blätterbücher, hat Johannas Vater sie genannt, Bände, die man aus dem Regal nimmt und darin herumblättert. Man selbst. Der Besuch. Die eigenen Kinder.

»Schade, dass Sie keinen Kamin haben.«

Ja, schade, dass wir keinen Kamin haben. Schade für die zukünftigen Wohnträume der Käufer, dass sie keinen Kamin haben werden, denkt Johanna.

Fast hätte sie die Maklerin im Scherz gefragt, ob sie Kekse backen soll, wenn Interessenten erwartet werden. Aber Johanna hat Angst, sie könnte auf das Angebot eingehen.

»Ich will Sie nicht anlügen ...«, sagt die Maklerin.

Wenn Leute Johanna gegenüber so etwas äußern, glaubt diese immer, sie wollen genau das tun: Johanna anlügen. Über den Tisch ziehen.

» ... es wird einige Zeit dauern. Der Markt ist voll. Es ist übrigens kein Problem, wenn sie weiter hier wohnen, ganz im Gegenteil.«

Johanna gibt sich Mühe: nicht so nachdenklich schauen. Freundlich.

»Natürlich. Ich verstehe.«

»Wann, denken Sie, können Sie fertig sein?« Die Maklerin tippt erwartungsvoll mit der Spitze ihres Fußes auf den Boden.

»Ich weiß es nicht.«

4

Während Johannes dabei war, das Sichtfenster wieder ordentlich mit der Holzabdeckung zu verschließen, sagte er noch zu Ernst: »Eine Bienenlarve bekommt etwa zweitausend Mal Besuch von einer Pflegerin, bevor sie schlüpft.« Und der Junge versuchte sich die hilflosen weißen Larven vorzustellen, von denen ihm Johannes erzählt hatte, wie sie da schliefen, in ihren sechseckigen Zellen aus Wachs, darauf wartend, zu erfahren, welche Art von Leben vor ihnen lag. Wieder nickte Ernst, als ob er alles schon gewusst hätte, was sein Ziehvater ihm da erzählte, nickte abermals, nickte heftig.

Dann sah er Johannes an und machte dabei große Augen: »Kommen ihre Eltern auch zu Besuch?«

Familie im Regal

Auf ihrem Laptopbildschirm häufen sich die Eingabefelder. Die leeren Stellen verlangen nach dem Namen der Person, ihrem Geburtsdatum und ihrem Geburtsort. Sie schließt die Seite wieder. Alles ist wie immer, sagt sich Johanna. Sie schaltet die Kaffeemaschine ein. In Wahrheit ist es ein Glück, dass ich mich nicht um Baghira kümmern muss. Sie schluckt, da sitzt ein Schmerzfrosch in ihrem Hals.

Jeden Tag schafft Johanna es, wachsende Zeiteinheiten lang sich selbst gegenüber so zu tun, als wäre nie etwas passiert. Als hätte sie eine gewisse Postkarte nie entdeckt. Als würde ihre Mutter sich nicht weigern, ihren Fragen in seriöser Weise Aufmerksamkeit zu schenken.

»Ach, dein Vater hat sich doch oft in den Jahreszahlen geirrt«, war ihre letzte Antwort gewesen. Kein Ja, kein Nein.

Johanna entpackt Umzugskartons. Fühlt sich, als baute sie ein Filmset des Elternhauses in ihrer Wohnung auf. Einige der alten Bücher aus dem Wohnzimmer finden nun Platz in ihrem Regal. *Die Schatzinsel* steht da jetzt, gleich neben *Der letzte Mohikaner.* Einmal noch eines dieser Bücher das allererste Mal zur Hand nehmen zu können, das würde Johanna gefallen. Nicht grinsen zu müssen bei dem Namen Long John Silver, nicht denken, dass das klingt wie eine Porno-Auszeichnung, zweiter Platz.

Sie müsste eigentlich weiter an ihrer Abschlussarbeit schreiben, beziehungsweise erst einmal richtig damit anfangen. *Eigentlich*, das Wort, das impliziert, dass man es besser weiß, aber nicht besser macht. Sie müsste ihre Notizen sortieren, bevor sie weitermachen oder vielmehr anfangen kann. Sie müsste überhaupt gleich die ganze Wohnung aufräumen. *Überhaupt.* Man kann nicht arbeiten in dieser Unordnung. Man sollte zumindest den Beistelltisch freimachen. Oder den Esstisch. *Man.* Nur nicht sie selbst. Wohin mit dem vielen Zeug? Am liebsten würde sie einfach einen Kartonturm in einer Ecke aufbauen. Die Vorhänge darüber drapieren. Eine Kunstinstallation: »Der Versuch, ein Einfamilienhaus in eine Wohnung hineinzuzwängen, als geplantes Scheitern.« Dort stehen sie dann in den Ecken, ihr Vater, ihre Mutter, ihre Kindheit. Warten darauf, geordnet, beiseitegelegt oder wieder gebraucht zu werden. Aber irgendetwas muss doch enthalten sein in diesen Kartons, ein Hinweis, eine Spur, der Weg zur Wahrheit. Diese Gedanken nagen an Johanna, verhindern, dass sie das alles unbesehen zur Seite schiebt, sie will suchen und sammeln, jedes Stückchen Papier umwenden.

Der Küchenschrank ist bereits voll, und zwar mit Kartoffelstärke. Wer braucht mehr als eine Packung Kartoffelstärke, hat sich Johanna gefragt, maximal zwei, weil eine auf Vorrat. Aber da war niemand, der ihr das hätte beantworten können. Nun hat sie also genug Stärke in ihrem Küchenschrank, um auf Jahre hinaus jede ihrer Mahlzeiten pürieren, mit Wasser verdünnen und anschließend puddingartig wieder verfestigen zu können. Ihr Vater hat Kartoffelstärkepackungen gekauft wie andere Mehl. Die Kaffeemaschine sprotzt vor sich hin.

Aus jedem Umzugskarton quellen Bilder, Bilderrahmen,

Zeichnungen. Hier ein Foto von Baghira. Dort eines von Johanna mit Baghira. Und eines mit Ernst. Das Foto, das schon die Maklerin bewundert hat. Da eines von ihrem Vater. Ihr Vater, ein fremder Mann. Er sieht zu jung darauf aus. Es ist von dem Tag, an dem er Johanna zum ersten Mal in den Kindergarten gebracht hat. Ich muss es aufhängen, denkt sie sich, und schon findet sie einen Nagel in ihrer Hand und einen Hammer in der anderen. Johanna schlägt nach dem Nagel, haut auf den Putz. Ein Stück Wand landet auf dem Boden. Hängen wir eben das Bild über die kaputte Stelle, und nichts ist passiert, nicht wahr. So tun, als wäre alles wieder in Ordnung. Der Mann auf dem Bild, der Johanna ein Vater ist, wird davon nicht älter. Er hat ihr nicht beigebracht, wie man einen Nagel ordentlich einschlägt, warum sollte sie das dann auch können. Ihre Mutter würde sagen, sie solle sich nicht so anstellen, wie bei so vielen Gelegenheiten, sie würde sagen, da kann man doch einfach nichts falsch machen, Nagel gerade halten, zielen, und: Hau drauf. Nur nicht daneben, nur nicht auf den Finger. Dass man im Grunde nicht viel falsch machen kann, war und ist sowieso die Lebenseinstellung von Johannas Mutter. Es lebt sich leicht, hätte Johanna ihr oft genug gerne gesagt, wenn die oberste Regel ist, dass ohnehin selten die Möglichkeit besteht, etwas nicht richtig zu machen. Postuliert man die niedrige Wahrscheinlichkeit einer Fehlleistung schon vorneweg, ist der Aufwand für die Abwägung des Risikos zu groß. Sie unterbleibt. Und in der Überzeugung, dass die gute Absicht alles heiligt, verschwindet der letzte Rest Unsicherheit. Meine Mutter ist ein durch und durch furchtloser Mensch, hatte Johanna einmal Ernst erklärt, das kommt vom Nie-Überlegen und Immer-gleich-tun. Diesen Vater heiraten, zum Beispiel, denkt Johanna jetzt. Schau nicht so viel, hat die Mutter ihr oft gesagt. Ich denke nur nach, hat Johanna darauf geantwortet. Lass das Kind doch denken, hat der Vater sich dann eingemischt. Der nächste Nagel will erst gar nicht hinein. Viele, viele Verputzbröckchen auf ihrem Fachliteraturstapel.

Den Rest der Bilder stellt Johanna in das Regal. Jedes Mitglied der Familie einzeln im Rahmen. Sie ordnet sie verschieden an. Die Psychologiestudentin in ihr erkennt das Muster und lacht. Hat gut lachen. Johanna legt die lächelnden Bildergesichter eines nach dem anderen um. Stellt sie wieder auf. Wendet sie einander zu. Setzt sie in Beziehung.

Hinter der Wand dudelt ein Spielzeug sein Lied. Old McDonald had a farm. Young McDonald hat ein Restaurant. Julia ist also zu Hause, denkt sich Johanna. Kein Wunder, Julia ist viel zu Hause. Manchmal, wenn Johanna zu lange nichts hört von hinter der Wand, macht sie sich Sorgen. Old McDonald hat wieder und wieder eine Farm. Johanna gießt sich eine Tasse Kaffee ein, in den milkalila Weihnachtsbecher. Das mit der Musik wird noch länger so weitergehen, das weiß sie. Durch die Eingangstür hört sie auch die Geräusche der anderen Nachbarin, der mit den beiden großen Hunden. Gerne möchte Johanna wissen, wie deren Wohnung aussieht.

Die hellblaue Schachtel ihres alten Lieblingspuzzles ragt aus dem Raus-aus-dem-Haus-Stapel hervor. Die *Duck Tales*. Johanna nimmt sie mit zum Tisch und beginnt, das

Puzzle zu legen, während sie darauf wartet, dass ihr Kaffee eine trinkbare Temperatur erreicht. Sie legt 299 Teile, und am Ende fehlt das Gesicht des Königs. Sie hebt die Schachtel hoch, steht auf, sieht unter den Tisch, geht ein Mal um den Tisch herum, streicht sich über den Pullover, schüttelt dessen Ärmel aus. Das Teil fehlt. Sie kann sich nicht erinnern, dass das früher auch schon so gewesen wäre. Warum dann das Puzzle auch aufheben? Johanna betrachtet die Mützen von Tick, Trick und Track. Sie schiebt die verbundenen Teile, die sich nun verkanten, in mehreren Bewegungen zurück in die Verpackung und geht damit zum Altpapiereimer. Dort steht sie dann, den Deckel geöffnet, bereit, das unvollständige Puzzle auszukippen.

入乡随俗

Rù xiāng suí sú[4]

Zu viel gelber Wein, viel zu viel, nicht bloß für meinen Geschmack, sondern auch für meinen Kopf. Ich sitze in einer Rikscha, sagt mir jeder Schlag der unebenen Straße. In meiner feuchten Hand löst sich das feine Papier des Cocktailschirmchens auf. Johanna ist die Einzige, die von diesem kleinen Geheimnis weiß. Als Junge hatte ich einmal so lange mit dem Dekoschirmchen gespielt, das mit meinem gemischten Eisbecher kam, den Schieber hin und her bewegt, bis die filigranen, hölzernen Paragonstangen brachen. Wütend darüber, dass das feine Ding so schnell kaputtgegangen war, zerlegte ich es in alle seine Einzelteile: drehte den überlangen Zahnstocher heraus, riss die Kartonstreifen vom bedruckten transparenten Papier. Ordnete die Teile wie einen Modellbausatz vor mir auf dem Tisch an. Zusammensetzen ließ sich da jedoch nichts mehr. Meine Mutter trank weiter an ihrer eisgekühlten Limonade, mit Strohhalm, weil sie Kälte an ihren Zähnen nicht erträgt. Ich sah, dass der Ring des weißen Schiebers innen aus andersfarbigem Papier gerollt war, und begann, mit den Fingernägeln die Hülle aufzukratzen. Als ich das Papier entrollen konnte, hätte ich es beinahe hinausgeschrien: Schau! Aber ich schrie nicht. Ich blickte auf die chinesischen Zeichen hinab, denn das war es, was auf diesem Papier gedruckt war, ich erkannte

4 »Sich an die örtlichen Sitten anpassen.«

die Muster wieder, die ich schon so oft in den Büchern meiner Mutter gesehen hatte. »Schatz, was stellst du denn da an?«, wollte meine Mutter von mir wissen und meinte die verstreuten Einzelteile des Schirmes. Ich verbarg den Schnipsel in meiner Hosentasche. Auf dem Tisch vor mir die Spuren meines Werks der Zerstörung. »Nichts«, sagte ich, aus Angst, sie könnte die Botschaft an sich nehmen, denn genau das mussten diese Zeichen sein: eine Botschaft aus China, allein für mich. Ein Schatz, den ich nur Johanna und nur in der Deckung einer Baumkrone präsentieren konnte.

Es wackelt. Alles wackelt. Ist eben auch nur ein Fahrrad mit einem riesigen Korb: menschliches Taxi. Mit Nummernschild und allem, echt witzig. Zu Hause ist schon Herbst. Hier werden die Blätter jetzt ein wenig gelb. Gelb wie der Wein. Shàoxīng, deine Blätter so gelb wie dein Wein. Ich habe gerade eine ausholende Bewegung mit meinem Arm gemacht. Vielleicht bleibe ich hier und werde Dichter. Setze mich jeden Tag in den Hof des Museumshauses von Lu Xun und unterhalte mich mit dessen Statue. Die hört mir zu. Die versteht mich. Mein Fahrer strengt sich ganz schön an. Was macht der, wenn zwei Leute hier drinnen sitzen, oder drei, das kommt durchaus vor, habe ich schon gesehen. Nässe, die sich auf seinem Rücken ausbreitet, das Hemd an ihm kleben lässt und vor der ich mich ekele, obwohl sie außer Reichweite ist. Ich hätte mehr Tee trinken sollen und weniger Wein. Ein einmonatiges Festival für den gelben Reiswein, so etwas sollten wir zu Hause auch machen: ein Monat Grüner Veltliner, ein Monat Blauer Portugieser. Ich mag Wein nicht, mag Wein ganz und gar nicht. Es entzieht sich meinem Verständnis, wie ich am Tisch dieser Leute gelandet bin, obwohl ich doch nur Abendessen wollte und weiter mit dieser Frau sprechen. Verrückte Menschen.

Es ruckelt. Die Welt ruckelt. Eine große Erschütterung, und ich übergebe mich, wirklich. Du kannst dich nicht deinem Rikschafahrer ins Genick übergeben, sage ich laut zu mir selbst. Nein, das geht nicht. Ich werde ihm zurufen, dass er stehen bleiben soll! Wie hieß das? *Bié zǒu le?* Nein, das heißt *Geh nicht*. Einfach Stopp!, möchte ich schreien. Halt. *Tíngdùn*. Ich kann *tíngzhǐqiánjìn*, so in einem durch, wie es mir durch den Kopf schwimmt, nicht mehr aussprechen, ich nuschle es trotzdem und für mich selbst gut hörbar: Dingscheschien-schin. Der Fahrer hört nichts.

Johanna würde dem Fahrer mitteilen, dass er stehen bleiben soll, ohne ein Wort zu gebrauchen, sie kann mit jedem sprechen, das muss an ihrem Gesicht liegen, das spricht für sie. Ja, spricht für sie Bände. Die braucht nicht einmal Hände und Füße dazu. Sie würde also das Gefährt anhalten, mit mir aussteigen und machen, dass die Welt sich nicht mehr dreht, nicht mehr dreht. Sie würde mich halten. Und ich müsste mich gar nicht übergeben, weil ich das nie muss, weil ich nichts grauenhafter finde als das Kotzen selbst, egal wie übel einem ist, der Vorgang ist so unwürdig, so schmerzhaft, und ich muss immer weinen dabei, ich fühle mich wie eine Katze, die versucht, einen viel zu großen Fellball herauszuwürgen, und alles bleibt mir im Hals stecken, und danach ist da nur noch schlechter Geschmack, eine Bitterkeit, die sich überall im Mund festsetzt und sogar hoch in der Nase, egal was man dagegen unternimmt: Zungenpelz und Säure. Jedes Mal spüre ich, wie meine Zähne sich auflösen, wie sie sich lockern, mit herauskommen wollen.

Durchatmen. Zurücklehnen. Noch ein bisschen an Johanna denken. Nicht an den gelben Reiswein.

Nie wieder in meinem Leben trinke ich Reiswein, weder gelben noch anderen, nie wieder trinke ich irgendetwas, das »Wein« in seinem Namen hat. Der Fahrer dreht sich zu mir um, er öffnet den Mund. Ich höre nichts. Ich sehe nur den aufgerissenen Mund, viel zu weit aufgerissen, das ist abnormal. Er lacht mich mit Sicherheit aus. Laut, hämisch. Lacht den kleinen Mann aus, der von weit her kommt und glaubt, er könne hier etwas finden. Der lacht mich genauso aus wie die Leute an meinem Tisch vorhin: Jedes Mal, wenn sie sich ihre Schnapsgläser vor den Mund gehalten haben, haben sie dahinter gelacht, gelacht, gelacht. Über mich. Wenn sie etwas zueinander gesagt haben, dann ging es um mich. Ich war der Clown, ich war die Unterhaltung, der Mittelpunkt ihrer trunken-grausamen Heiterkeit. Das Zuprosten, das Auf-die-Schulter-Klopfen waren wohl so eine Art Dankeschön, dafür, dass ich aufgetaucht bin, ihnen so billig ein abendfüllendes Entertainmentprogramm geboten habe.

Ich habe keine Erinnerung daran, wann die Dame von der Agentur verschwunden ist. Die hat mich ja auch nur ausgelacht. Anfangs war sie wirklich nett: hat das Perlenarmband, das ich in der teuren roten Schachtel über die Tischplatte geschoben habe, mit beiden Händen entgegengenommen und eine Verbeugung angedeutet, mir gesagt, wie sehr sie sich über dieses Wiedersehen freut, mich ihren *Xiăogŏu*, ihren Welpen, genannt, ein Name, der mir vage vertraut vorkam, und sich über die lieben Grüße von ihrer Bekannten aus Hángzhōu gefreut, die, die mich am See bei den Booten hat warten lassen. Nur reden wollte die Agenturdame nicht, sie ist allen konkreten Antworten ausgewichen, als gälte es ein tückisches Riff zu umschiffen. Unbedingt den Park mit den süß duftenden Osmanthusbäumen besuchen, das solle ich machen, hat sie mir geraten. Die Kinder seien von überall her gekommen, hat sie gesagt, nachdem sie zwei Mal behauptet hat, sie habe nie gewusst, woher die Kinder gekommen seien. Dass die Akten geheim seien oder dass sie schlicht schon vergessen habe, was darin stand. Egal was auch aus ihrem Mund gekommen ist, eines wie das andere hat bloß geheißen: Ich will es dir nicht sagen, vielleicht kann ich es nicht, zuallererst jedoch will ich nicht, das macht nur Probleme. Es gibt kein Problem. Wir haben hier kein Problem. Es war eine gute Einrichtung, die Kinder sind in gute Familien gekommen, sie haben ein gutes Leben, hat sie mir am Ende erklärt. Vor allem ich hätte ein gutes Leben, hat sie gemeint. Und dieses Land, in dem ich jetzt lebte, wo das überhaupt sei? Ich sagte, in der Mitte von Europa, südöstlich von Deutschland, aber ihre Augen blieben ausdruckslos, also schob ich etwas von *Mòzhātè* nach, und den kannte sie, sie machte ein langes, seltsam dumpfes »Aaaa«-Geräusch und fügte nach einer kurzen Pause noch hinzu, was für ein großer Politiker dieser *Xītèlè* gewesen sei, um mir ihre Kenntnisse zu beweisen, und lächelte mich dabei an. Dieses Àodìlì sei ja also ein wirklich wunderbares Land. Was ich überhaupt von ihr wollen könnte, fragten mich ihre Augen. Ich habe darauf nicht geantwortet.

Dann hat sie genickt, als würde sie sagen: Siehst du. Alles gut. Kein Problem. Dazwischen einen Becher gelber Wein.

Und ich kann weiterhin nur denken: Was, wenn meine Mutter mich nicht freiwillig hergegeben hat, was, wenn ich ein überzähliges Kind war, ein illegales, was, wenn ich entführt wurde, verkauft – wie auch immer. Es besteht die Möglichkeit, dass sie mich liebt. Das würde ich gerne jedem ins Gesicht schreien: Sie liebt mich! Vielleicht! Aber das konnte ich der Frau so natürlich nicht sagen: Sehen Sie, es besteht die Möglichkeit, dass ich von meiner biologischen Mutter geliebt werde, ist das nicht schön, bitte geben Sie mir ihren Namen, ihre Adresse, ihre Telefonnummer – irgendwas. Geben Sie sie mir! Und sagen Sie weiterhin *Kein Problem* und meinen Sie es. Lachen Sie nicht. Lachen Sie nicht über mich. Dann wieder wollte ich zu jedem ihrer Ausweichmanöver erleichtert nicken und mich darüber freuen, dass kein Wort aus ihr herauszubekommen war, denn genauso, wie ich vielleicht geliebt werde, besteht ja auch die Möglichkeit, dass ich meiner Mutter völlig egal bin, nicht viel mehr als eine hinderliche Last, und ich wollte der Dame danken, dafür, dass sie mich vor dieser zweiten Realität beschützte, indem sie mir keine Auskunft gab. Am liebsten hätte ich über den Tisch hinweg ihre Hand genommen, sie gedrückt und ihr damit vermittelt: Ich weiß, Sie haben meine Mutter kennengelernt, und sie war wohl nicht das, was ich finden möchte, ich verstehe, dass Sie mir das nicht antun können, und ich bin von Herzen froh darüber, dass Sie mir eine Begegnung ersparen, die doch nur schlecht geendet hätte. Die fehlenden Informationen sind die Kette an der Kiste der Quantenliebe meiner Mutter, sie bewahren mir das Potenzielle.

Nichts war also ein Problem, und ich konnte mich nicht entscheiden, wie ich das finden sollte. Einen Moment später war sie plötzlich weg, bilde ich mir ein. Ich saß weiterhin dort an dem Tisch, auf einmal von neuen Leuten umgeben, die wie beim Szenenumbau im Theater ihren Platz eingenommen hatten.

Wir haben längst angehalten, mir ist das nicht einmal aufgefallen. Ich denke, das Gebäude, vor dem wir stehen, ist mein Hotel, es sieht zumindest so aus, aber die Hotels hier sehen für mich alle gleich aus. Der Fahrer lacht schon wieder, ich beschließe, ihm kein Trinkgeld zu geben, anscheinend hat er sich ja prächtig amüsiert, ich bin hier der Animateur und dafür soll ich ihn jetzt auch noch bezahlen. Wie viel macht der Spaß? Meine Geldbörse steckt in meiner hinteren Hosentasche, ich sitze darauf.

»Duōshǎo qián?«

Wie viel es kostet, will ich von ihm wissen, er gibt mir sogar eine Antwort, aber die Silben wandern durch meinen Kopf, ohne dabei irgendwo auf Verständnis zu treffen. Ich halte ihm einen großen Schein hin, er wird mir schon das passende Wechselgeld geben, von dem ich ihm einfach ein paar Münzen abzweigen werde, das ist das Trinkgeld, das ich ihm nun doch geben will. Jetzt lacht er schon wieder, der Mann, er hatte sich wahrscheinlich sein

Trinkgeld schon genommen, den Betrunkener-Ausländer-Zuschlag und den Chinese-der-seine-Sprache-nicht-spricht-Zuschlag. Den Du-hast-sicher-genug-Geld-einstecken-Tarif habe ich wohl ebenfalls gezahlt. Ja, lach du nur, lach! Drinnen im Hotel an der Rezeption lachen sie auch schon, sie können mich wohl sehen von dort aus. Ich höre sie, während ich beim Aussteigen stolpere, über ein unsichtbares Hindernis genau vor meinen Füßen falle. Mit Würde erhebe ich mich, streiche meine Kleidung glatt, verabschiede mich von meinem Fahrer, der bereits gewendet hat und nicht zurückblickt. Ja, lacht nur, ihr da an der Rezeption, lacht mich nur aus, mich traurige Gestalt. *Heiheiheihei.*

Ein großartiges Veilchen

Ein Schwarm Sperlinge fliegt vom Straßenrand auf, Johanna nimmt den Fuß vom Gaspedal, sieht die Vögel auf Augenhöhe kommen, denkt *Zieht hoch!*, kurz bevor genau mittig an der Windschutzscheibe ein Vogelkopf birst und der augenblicklich leblose Körper nach hinten über das Autodach verschwindet. Auf der Scheibe bleibt ein langgezogen tropfenförmiger, trüber Fleck zurück. Johanna betätigt den Scheibenwischer, hektisch, er läuft auf oberster Stufe, knartscht über das trockene Glas. Schnell lässt Johanna auch noch etwas Reinigungsflüssigkeit auf die Scheibe sprühen, und der chemische Geruch steigt ihr in die Nase, sie schmeckt ihn auf der Zunge, sie fühlt ihn in den Augen. Warum der kleine Vogel nicht …?, denkt sie und hört gleich wieder damit auf.

Außerhalb der Wohngebiete, zwischen den Feldern, liegt das umzäunte Gelände, in dem Jahr für Jahr die Martinigänse einziehen, gleich an der Straße. Manchmal stellt sich Johanna vor, mit einer Drahtschere den Zaun zu durchtrennen, mit schnellen, klaren Bewegungen. Schnitt, Schnitt, Schnitt: Die Gänse würden nicht einsehen, was an dem Feld nebenan besser sein sollte, und sich nur widerspenstig unter die dort residierenden Dohlen und Saatkrähen mischen. Lieber würden sie auf der Fahrbahn Platz nehmen, um dort ihre Köpfe auf dem eigenen Rücken abzulegen, den Schnabel verstaut im Gefieder, unbeeindruckt von Bremsgeräuschen und Scheinwerferlicht.

Ein vertrauter Geruch steigt Johanna in die Nase. Ab

Herbst hebt man in dieser Gegend das weiße Gold. Die Rübenkampagne ist ein geplanter Feldzug, der konstant Rauchzeichen aus der Fabrik sendet und die Straßen mit Traktoren verstopft. Von Mitte September bis Mitte Jänner ist die Luft gesättigt mit dem Duft von süßer Erde, und an kalten Winterabenden erzählt man sich Geschichten über die Tauben, die in der Wärme unter dem Dach der Zuckerfabrik wohnen, dort vielleicht den Tod finden und auf ihre Müllbeerdigung bis zum großen Frühjahrsputz warten müssen. Johanna glaubt manchmal beim Öffnen einer Packung Kristallzucker Flaumfedern darin vorzufinden, Weiß auf Weiß.

In ihrem Kopf dreht und wendet Johanna diese eine These hin und her, jene Behauptung, dass Adoptiveltern die bestmöglichen, die natürlichen Eltern hingegen die schlechtesten sind für ein Kind, eine Aussage, für die sie beim besten Willen die Quelle nicht mehr finden kann. Irgendwo muss das doch herkommen. Dann biegt sie in die Straße vor dem Haus ein.

In der Einfahrt sitzt eine fremde Katze, schwarz-weiß gefleckt, wahrscheinlich eine der vielen Nachkommen der alten einohrigen, die Johanna mehr als ein Mal vor dem Nachbarssohn hatte retten müssen. An dem Tag, an dem sie sah, dass dieser Michel beschlossen hatte, die Katze mit seiner Luftdruckpistole abzuschießen, fasste auch Johanna einen Entschluss: nämlich ihm ein blaues Auge zu verpassen. Sie baute sich neben dem lachenden Jungen auf, ballte die rechte Hand zur Faust, tippte ihm mit der anderen Hand auf die Schulter und schlug ihm, als er sich ihr zuwandte, gerade, ohne abwehrbaren Schwinger, ohne abbremsendes Zögern und gut gezielt auf das linke Auge. Ernst, in seiner moralisch unterstützenden Funktion, stand dabei knapp hinter ihr. Es wurde ein großartiges Veilchen. Heute würde Johanna sagen, dass dieser Michel ein richtiges Arschlochkind gewesen ist.

Johanna hatte schon im Moment des Ausholens gewusst, dass ihre Mutter kein Verständnis für das Verursachen eines blauen Auges aufbringen würde, und als Michel mit tränenrotztriefender Nase in den Hof flüchtete, bekam sie es mit der Angst zu tun. Diese Angst trieb sie in den mit Dinosaurierstickern vollgeklebten Kleiderschrank von Ernst, wo sie dann saß, in der Erwartung der aufziehenden Zorneswolkenfront in Form ihrer Mutter. Doch die kam nicht.

Im Hier und Jetzt kündigt sich dagegen ein letztes, stark verspätetes Sommergewitter an.

Auf dem Weg in das Haus bläht Johanna die Nasenflügel, wie ein witterndes Pferd: der Geruch nach sterbendem Gras. Halme, aufgelöst in einzelne Moleküle aus den hingemähten Häufchenlinien auf den Wiesen, versuchen, sich zu retten, sich in der Schwüle zu verflüchtigen. Sie geht ins Haus. Gleich darauf reißt etwas. Die Blitze spannen ein Netz über den Himmel, in dem sich Fernseh- und Mobilfunksignale fangen. Der Regen wäscht Hasenmatsch von den Straßen.

Am Abend jenes Tags des großartigen Veilchens hatte Ernsts Vater Johanna im Kleiderschrank aufgespürt. Nachdem Johannas Mutter angerufen hatte, wo denn ihre Tochter bleibe, ohne jegliche Erregung in der Stimme, weil sich der Michel doch nicht getraut hatte, jemandem zu sagen, woher er das blaue Auge hatte, hatte Ernst bereitwillig sein Schweigen gebrochen und seinem Vater alles erzählt. Der hob Johanna aus dem Schrank, stellte sie auf ihren Beinen ab und legte ihr bloß schweigend seine zu große Hand auf ihre Schulter, die lag dort leicht, als wäre sie innen hohl, und Johanna fühlte sich kein bisschen niedergehalten, es war mehr, als wäre zwischen ihrer Schulter und der Hand ein wenig Freiraum, in dem eine Magnetkraft wirkte, die sie nach oben zog, machte, dass sie aufrechter stand.

Nun sieht Johanna im ehemaligen Schlafzimmer ihrer Eltern aus dem Fenster und auf die Wand des Nachbarhauses. Sie weiß, dahinter kommen zwei, drei, vier weitere Häuser. Dann weit, weit nichts. Ein Flüsschen. Ein Wäldchen. Der Regen. Andere Häuser, andere Dörfer. Eine Brücke. Das Möbelhaus, in dem Ernst und Johanna einmal verloren gegangen waren. Die beiden hatten später einhellig die Meinung vertreten, in Wahrheit wäre Ernsts Mutter diejenige gewesen, die verloren gegangen war, denn immerhin war sie diejenige gewesen, die stehen geblieben und nicht mitgelaufen war, außerdem seien sie beide eben zu zweit und Ernsts Mutter alleine gewesen, und wo die Mehrheit war, war man doch eindeutig nicht verloren. Als sie abgeholt wurden, sagte die nette Angestellte am Informationsschalter zu Ernst: »Das ist aber nicht deine Mutter, sondern ihre, nicht wahr?«, und zeigte dabei auf Johanna, was Ernst nicht verstand. Johanna beugt sich ein Stück nach vorne, hebt den Blick: das Dach mit den moosigen Schindeln, ein Stück grauer Himmel. Dann beginnt sie zu suchen.

Später, im Wohnzimmer, schichtet Johanna mürbe werdende Zeitungen von einer Ecke in die andere, überall scheinen sie ihr im Weg zu sein oder doch zumindest auf die eine oder andere Art und Weise unästhetisch arrangiert. Unter dem Papier findet sie eines ihrer früheren Notizhefte, dunkelblauer Stoffeinband, helle Staubspuren darauf. Sie versucht, den Staub abzuklopfen, aber der hat sich schon lange festgesetzt. Beim Öffnen fällt ihr als Erstes auf, dass sich die Wörter nach links und nicht nach rechts neigen, so als wäre das Schreiben zu schnell erfolgt, die Buchstaben nicht nachgekommen und mit zurückgeworfenem Kopf hinterhergehetzt oder gar vom Fahrtwind umgeblasen worden. Aber sowohl das Notizheft als auch die restlichen Papiere im Stapel sind wertlos für ihre Suche. Nichts. Kein Hinweis zu finden.

Nachdem sie die für sie nutzlosen Zeitungen im Altpapiercontainer entsorgt hat und ihr Notizheft gleich mit dazu, nimmt sie auf einem vor Kurzem auf dem Dachboden aufgetauchten Sitzsack Platz und liest Ernsts letzte E-Mail, die eine ungeordnete Ansammlung von Informationen, Bruchstücken von Erzählungen und Beschreibungen enthält sowie die Fotografie eines alten Mannes, der das Victoryzeichen macht und schiefe Zähne zeigt. Ihr kommt es vor, als hätte Ernst sein Reisejournal einmal über der Computertastatur ausgeschüttelt, sodass die Sätze von den Seiten auf die Tasten gefallen und so in das Innere des Computers diffundiert sind, um sich dort als Text zu manifestieren, ohne sich um eine Reihung oder eine Wertung zu bemühen. Sie weiß nicht, was sie davon halten soll. Sie begnügt sich damit, als Antworten die letzten internationalen Nachrichten über Demonstrationen, niedergeschlagene Aufstände und Lebensmittelskandale in China zu schicken, halb ironische Warnungen vor melaminverseuchten Milchprodukten, im Speziellen vor den hellen Karamellen der Marke *Weißer Hase*. Über die Dinge, die sie wirklich beschäftigen, schreibt sie wenig. Manchmal fragt sich Johanna, ob sie es nun, als Erwachsene, noch einmal schaffen würden, eine Freundschaft aufzubauen, hätten sie sich früher nicht gekannt. Unsere Wege haben sich getrennt, heißt es so oft, denkt Johanna, in Filmen, in Büchern, vielleicht ist es so einfach: Einer ist abgebogen, macht eine Reise. Die andere ist stehen geblieben, vielleicht.

Sie öffnet ein leeres Word-Dokument. Ihre Finger tippen Tasten an, ohne Druck, keine Buchstaben erscheinen. Sie denkt über Ernst nach, und es kommt ihr vor, als versuchte sie, in einem alten Wollknäuel den Anfang zu finden. Sobald sie glaubt, ihn gefunden zu haben, taucht noch mindestens ein weiterer auf; einer dieser Anfänge muss ein Ende sein, doch der Faden ist so verheddert, dass es in alle Richtungen hoffnungslos erscheint, und obwohl das gesamte Knäuel in eine Hand passt, sieht sie keine Möglichkeit, ein Stück abzuwickeln, das lang genug wäre, um dem ihm zugedachten Zweck zu dienen. Ernst. Ernst und seine Mutter.

Sibylle Hoffmann lebte in ständiger Angst, das Telefon könnte läuten und jemand würde Ernst einfordern, denn vor über zwanzig Jahren war das Adoptieren von Kindern aus sogenannten Entwicklungsländern in Österreich noch keine alltägliche Sache gewesen. Besonders in den ersten Wochen nach der erfolgreichen Adoption plagten sie im Halbschlaf Vorstellungen von Ferngesprächen, die nach diesem Muster abliefen:

Das Telefon klingelt. Sie hebt ab. »Ja, bitte?«

»I wan-te to spea-ke to Miss-ess Ho-fu-men.«

»Speaking.«

»We call the boy.«

»Pardon?«

»We wan-te to ha-fu the boy ba-ck.«

Oder:

Das Telefon. Sie hebt ab. »Sibylle Hoffmann?«

»We a-re de Chi-ne-se!«

»How can I help you?«

»All you-r boy-se a-re be-long to us!«

Anschließend träumte sie von einer Armee von Gouvernanten in blassrosa Kostümen: Schuhe ohne Absätze, knielange Röcke, tailliert geschnittene Jacken, Hütchen und mit scheinbar einheitlichen Gesichtszügen. Die Frauen marschieren in Reih und Glied auf, beziehen vor ihrem Haus Stellung und reichen den Jungen, ihren Sohn, wie einen Eimer Löschwasser von einer zu anderen, bis nach Hause, nach China.

Doch niemand rief an, um Ernst zurückzuholen, und Sibylle Hoffmann deckte sich abends im Wissen zu, ein glückliches Kind großzuziehen.

Immer noch hinterlässt das Tippspiel auf der Tastatur keine Spuren am Bildschirm. Johanna ordnet ihre Beine neu. Sie streicht sich das Haar hinter das Ohr. Steht auf, um ein paar Schritte in Richtung Küche zu machen, hält inne. Setzt sich wieder. Ordnet die Beine neu. Streicht sich das Haar hinter das Ohr.

Ernsts Vater hat eine kleine gekrümmte Narbe auf der rechten Wange, über die er, wenn er nach ihrer Herkunft gefragt wurde, jedes Mal eine neue Geschichte erfand. Johanna liebte auch ihn. Er hatte außergewöhnlich lange, helle Härchen auf den Armen, und er ließ, sooft Johanna es verlangte, zu ihrer Belustigung seine Oberarmmuskeln spielen, obwohl nicht davon die Rede sein konnte, dass diese besonders ausgeprägt gewesen wären. Viel lieber, als seine Oberarme zu präsentieren, erzählte er von Insekten, über die es mehrere Regalmeter Literatur gab, die er sein Eigen nannte. Ernsts Vater war ein König über viele Völker, seine farbigen Kästen mit den Bienen standen in schönster Ordnung auf einer Streuobstwiese am Rand des Dorfes. Mit seiner Behaarung und Statur, mit dem Bass seiner Stimme kam ihr Johannes Hoffmann allerdings eher wie eine Hummel vor – eine gewaltige Hummel, die über die Bienen herrscht. Manchmal, da strich Herr Hoffmann seinem Adoptivsohn über den Kopf und sagte, dessen Hautfarbe komme von zu viel Honig. Der Sohn eines Imkers, ohne Zweifel.

Und Ernst. Ernst war ein höflicher Junge wie aus einem Roman, einer von fünf Freunden oder ein Kind aus Bullerbü, jeder seiner Unternehmungen war das gute Ende von vornherein eingeschrieben, man musste sich nicht um ihn sorgen, sondern konnte mit wohlwollendem

Interesse sein Tun und Lassen verfolgen, während man ihm beim Wachsen zusah, als wäre das bloß eine unterhaltsame Nachmittagsfernsehserie, kein Drama, nichts. »Das gesamte ungenutzte Potenzial an chinesischem Entdeckertum kumuliert im kleinen Ernst«, pflegte seine Mutter gerne zu sagen, und nickte ihrem Sohn zu, wenn er stundenlang in einem Baum hing, und, mit einem Fernrohr aus aufgebrauchten Klopapierrollen bewaffnet, Löcher in den Horizont starrte.

Abends, vor dem Einschlafen, las Sibylle Hoffmann ihm Geschichten von der Drachenflotte des Admirals Zheng He vor, was dazu führte, dass Ernst später für Christoph Kolumbus nur ein müdes Lächeln übrighatte. Allein die Erklärung des Umstandes, dass der von ihm verehrte Admiral ein Eunuch gewesen war, verstörte ihn etwas.

Nur an manchen Tagen, wenn die Familie in das Auto stieg oder in den Zug und Ernst fragte: »Fahren wir nach China?«, zuckte Frau Hoffmann zusammen, als hätte sie an einen unter Strom stehenden Weidezaun gefasst.

»Nein, mein Schatz«, sagte sie darauf jedes Mal mit besonders weicher Stimme, »leider, das geht nicht.«

»Später?«, wollte Ernst dann wissen, und seine Mutter antwortete: »Später, ja«, und es klang, als hätte sie ihm *Schlaf gut* gewünscht.

Johanna sitzt im Dunkeln. Wann genau das letzte Licht verschwunden ist, weiß sie nicht. Nur noch der Laptopbildschirm erhellt ihr Gesicht. Sie denkt, sie sollte aufstehen, auf den Schalter drücken, die Jalousien herunterlassen. Sie bewegt sich nicht. Sie wartet. Die Straßenbeleuchtung wird eingeschaltet. Plötzlich vibriert ihr Handy und robbt über den Tisch. Stefans Bild leuchtet darauf auf.

Sie fängt das dahinsummende Telefon ein und hebt es an ihr Ohr.

»Hallo?«

»Schwesterherz, dass man dich einmal erwischt!«

Schwesterherz. Wenn Johannas Bruder, oder, wie sie in Gedanken nun nicht umhinkann zu sagen: Halb-Bruder, sie sein Schwesterherz nennt, bedeutet das, er will etwas oder er hat etwas angestellt.

»Schwesterherz«, beginnt ihr Halbbruder, der nicht weiß, dass er das ist, noch einmal. Halbschwesterherz. Halbherzige Schwester. In Johanna steigt ein wenig Wut hoch, Wut darüber, dass etwas Halbes nicht genauso etwas Ganzes sein kann, dass da eine Quasipräposition ihr Leben infrage stellen möchte, dass ein Wort über sie bestimmt. Die Sprache, dieses Arschloch. Johanna muss plötzlich an das eine Mal denken, als ihre Mutter eine Freundin zu Besuch hatte, zu der sie genau in dem Moment, als Johanna in das Zimmer trat, sagte: »Ich hätte ja kein zweites Kind mehr bekommen, aber mein Mann ...« An dieser Stelle unterbrach sie sich und setzte ein breites Lächeln auf, weil Johanna in ihr Blickfeld kam.

»Ja, was ist denn jetzt«, schreit Johanna beinahe in das Telefon, ein wenig gereizt.

»Das möchte ich dir lieber persönlich sagen. Schaust du mal bei mir vorbei?«

»Ja, nächste Woche irgendwann, ich hab' jetzt echt keine Zeit.«

»Nächste Woche erst?«

»Ist es dringend?«

»Na ja …«

»Also nicht.« Sie verabschiedet sich und legt auf. Dann klappt sie ihren Laptop zu und geht in die Küche.

Über der hinteren Hecke zeichnet sich der orange Schein der Chemiefabrik gegen den Nachthimmel ab. Eine hell erleuchtete Marskolonie, in der sich weiß bekittelte Siedler tummeln. Etwas, das hier schlaflos vor dem Horizont liegt und die Sterne ausblendet. Gerade gezogene Verbindungswege, niedrige Baracken, daneben Türme aus Stahlröhren. Oft steigt von dort weißer Rauch auf, der an Niederdrucktagen sofort wieder zu Boden sinkt. Habemus Chemia.

5

»Was mich an den Bienen so fasziniert, ist, dass eine jede von ihnen das Potenzial zur Königin hat«, erklärte Johannes Sibylle und fügte noch an: »Außer den Drohnen natürlich.« Er machte ein freundliches Gesicht in ihre Richtung, weil sie ein wenig verloren dort stand, den Beagle, den er für ihre Tochter ausgesucht hatte, an der Leine, und darauf wartete, dass er seinen eigenen Hund rufen würde, damit sie gemeinsam einen Spaziergang machen konnten.

»Ich weiß«, sagte sie lächelnd und fragte gleich noch: »Kennst du diese Geschichte, ich denke, sie ist von Roald Dahl, die heißt, glaube ich, *Gelee Royal?*« Und dabei verschwieg sie ihm, dass sie sich genau erinnerte, dass er es gewesen war, der ihr diese Geschichte erzählt hatte. Aber das war lange her.

Wo es brennt

Johanna lässt die Papiere zurück auf das quadratische Tischchen fallen. Sie seufzt. Weder ihre Geburtsurkunde noch die Heiratsurkunde ihrer Eltern können ihr weiterhelfen. Der Taufschein ist in jeder Hinsicht nutzlos. Keines der offiziellen Dokumente hat eine Antwort für sie. Alle Telefonate bleiben ohne Ergebnis. Ihr Vater hat die Vaterschaft anerkannt, Ende der Diskussion. Was interessiert Bürokraten eine Postkarte, von der sie nichts wissen können. Was interessiert es mich eigentlich, denkt sie jetzt, was ändert es an mir? Und gibt sich die Antwort: nicht das kleinste Teilchen.

Ein vereinzelter Apfel, der letzte, den sie mit nach Wien gebracht hat, liegt auf dem Teller im fensterlosen Küchenbad, den will sie jetzt essen. Er hat eine kreisrunde braune Stelle, da ist er aufgeschlagen beim Nicht-weit-vom-Stamm-Fallen, das ist sein Geburtsmal, der Storchenbiss der Kernobstgewächse. Ein paar Jahre früher, in dem Jahr, als Johannas Mutter das Auto als Abschieds- und verspätetes Geburtstagsgeschenk zugleich zurückließ, das Familienalbum mit den Fotos jedoch mitnahm, hatte Johanna in der Hängematte unter dem Baum im Garten gelegen, und ein Apfel war ihr auf die Brust gefallen und von dort in ihren Schoß gerollt. Die Frucht war perfekt gewesen, kein Makel sichtbar. Sie hatte sie zwischen Daumen-, Zeige- und Mittelfinger genommen und hineingebissen. Das Fleisch war strahlend weiß gewesen. Nach einigen Bissen hatte sie rosa Stellen darauf sehen können, weil ihr Zahnfleisch zu bluten begonnen hatte. Mit drei Fingern hebt

Johanna nun den Apfel an ihre Nase, die angeschlagene Stelle riecht intensiv nach Erde, als hätte der Druck des Aufpralls dort den Duft des Gartenbodens in die Frucht gepresst. Sie beißt an einer anderen Stelle hinein, kann nichts Ungewöhnliches schmecken, überall sonst ist dieser Apfel Apfel, so sehr, wie eine Frucht nur Apfel sein kann, dieses spezielle Exemplar in seiner geringen Größe besonders verdichtet auf das Wesentliche. Vier und ein halber Bissen, und vom Paradies ist nur mehr der Butzen in ihrer Hand übrig. An einem kleinen Stück, dem letzten, noch sichtbar: das hellbraune Mal. Der austretende Saft fühlt sich sofort klebrig an auf ihrer Haut. Nun reichen zwei Finger aus, um das, was übrig ist, zu halten.

Bei ihrer Geburt hatte Johanna sechs Finger an jeder Hand. Später hat ihr Vater oft betont, wie gut es gewesen sei, dass Johannas Mutter nach der Entbindung so erschöpft war, dass sie keine Energie mehr aufbringen konnte, ob dieses Umstandes einen hysterischen Anfall zu bekommen. Ein paar Tage später waren die beiden sechsten Finger bereits entfernt worden.

Johanna wäscht sich am Wasserhahn der Küchenspüle aus Edelstahl. Das vom Scheuern matte Metall zeigt ihr eine schemenhafte Szene: Baby Johanna liegt zufrieden, so scheint es, in seiner Plastikbox auf Rollen hinter einer Glasscheibe, aufgereiht mit einigen anderen Säuglingen in deren Boxen, gewogen, vermessen, beschriftet und ordentlich farbig gekennzeichnet. Der einzige Unterschied ist, dass die Händchen, die sich von Zeit zu Zeit fuchtelnd dem Licht an der Decke entgegenstrecken, dick verbunden sind. Das Baby weiß nichts von einem

Mann, der sich an der Scheibe die Nase platt presst. Der für Johanna Fremde hat eine Hand gegen die Glasscheibe gelegt, zärtlich, als wäre die ein Kinderköpfchen.

Heute ist von der Operation nichts mehr zu bemerken, bis auf etwas helles Narbengewebe außen an Johannas Handrücken, das sich vor allem im Sommer sichtbar von der Umgebung abhebt und im Winter für die Eingeweihten silbrig glänzt.

Obwohl der Arzt ihm versichert hatte, dass es eine absolut natürliche Mutation, eine des Öfteren vorkommende Abweichung sei, hat der Vater oft »Tschernobyl-Kind« zu ihr gesagt und dabei ihre Hände, die jedes Mal ein Stück gewachsen waren, in die seinen genommen. Johanna wirft den Butzen in den Abfalleimer, in dem kein Müllsack hängt. Die Finger steckt sie anschließend in den Mund.

Sie hat keine Zeit zu verlieren, muss noch in die betreute Wohngemeinschaft ihres Vaters, bevor sie auf Julias Tochter aufpasst an diesem Abend. Wohngemeinschaft hier, Wohngemeinschaft da – ihr Vater, ihr Bruder Stefan, alle ziehen sie in WGs. Vielleicht sollte sie Julia vorschlagen, die eine Wand herauszubrechen – et voilà: WG.

Ohne dich wäre ich verloren, hat Julia gesagt, als Johanna sich bereit erklärt hatte, an diesem Abend auf Lili achtzugeben. Verlorensein ist Julias persönliche Haupteigenschaft. So fühlte sie sich, hat sie Johanna einmal erklärt, als sie aus dem am weitesten entfernten Bundesland nach Wien zog, um Gesang und Schauspiel zu studieren, so fühlte sie sich, als sie versehentlich von einem aus Ungarn stammenden Kommilitonen schwanger wurde, so fühlte sie sich bei der freundschaftlichen Trennung vom

Kindsvater, die in einer U-Bahnstation stattfand, während eine überwiegend männliche Masse in schwarzen Anzügen und Mänteln den Wartebereich flutete, hemdweißbrüstig, namensschildbehangen, Lastenträger der Gesellschaft, und danach, als sich diese in Kleingruppen über das Netz der Verkehrsmittel im Kreislauf der Stadt verteilten, während sie selbst sich nicht einmal zum Einsteigen bewegen konnte. Und so fühlte sie sich weiterhin, wieder und wieder, wenn sie auf einer der kleinen Bühnen stand und sang, während in ihrem Kopf der Saal sich weitete, die Decke sich hob und Logen mit Baldachinen aus den Wänden wuchsen. Trotz ihrer Selbstverlorenheit war Julia Johannas Einschätzung nach die zweitbeste Mutter, die sie kannte.

Abgehetzt klopft Johanna an Julias Wohnungstür, gerade noch pünktlich. »Ich war nicht einmal bei mir drinnen«, sagt sie wie als Entschuldigung und deutet mit dem Kinn auf ihre eigene Tür nebenan.

»Ist schon gut.« Julia hat bereits eine Jacke an, die Kunstfellumrandung der Kapuze säumt ihr Gesicht. Angedeutetes Küsschen auf die eine Wange. Das auf der anderen Seite verunfallt.

»Julia, stell dir vor«, fängt Johanna an.

»Was denn? Ich muss los.«

»Ich habe geträumt, von einer Sekte. Es hat dort einen Guru gegeben, der einem als Ritual – Aufnahme, Taufe, was weiß ich – mit dem Zeigefinger seiner rechten Hand auf die Stirn tippt, da, wo das dritte Auge sitzt. Die Leute hatten alle seinen Fingerabdruck an dieser Stelle tätowiert. Sobald er sie angetippt hat, hat er zu ihnen gesagt: *Sieh!*, und sie haben die bis dahin geschlossenen Augen geöffnet und gesagt: *Ich sehe!*«

»Das ist vielleicht ein Zeichen.«

»Ein Zeichen?«

»Vielleicht bist du jetzt eine Erwachte.«

»Ich fühle mich nicht erwacht. Geschweige denn ausgeschlafen, haha. Schau nicht so, ich kann Religion einfach nicht ernst nehmen. Muss ich irgendetwas wissen?«

»Ach, Lili weiß alles. Essen im Kühlschrank, Pyjama unter dem Kopfkissen. Nicht zu viel fernsehen.«

»Alles klar.«

»Du bist die beste Freundin, das weißt du, oder.«

Ohne Fragezeichen. Kaum hat sie das gesagt, ist Julia aus der Tür hinaus und Johanna bleibt mit deren Tochter zurück. In diesem Moment denkt Johanna, dass es ihr wie Lili hätte ergehen können, so alleine mit ihrer Mutter in einer Wohnung, in der das mütterliche Bett im Wohnzimmer stehen muss, sie selbst einen bedeutsamen Namen tragend.

»Die beste Freundin, eine wunderbare junge Dame, eine gute Tochter«, murmelt Johanna vor sich hin. Dann zieht sie ihre Schuhe aus.

»Na?«, sagt sie in Richtung der Kleinen, die unbeeindruckt weiter ein weißes Blatt Papier mit einer eindeutig zu großen Schere bearbeitet. »Hast du Hunger?«

Keine Antwort.

»Wann gehst du denn heute schlafen?«

Wieder nichts.

»Möchtest du etwas spielen?«

Lili hört auf, ihre Unterlippe einzusaugen, und schaut Johanna an. »Ich spiel doch schon«, sagt sie.

»Was spielst du denn?«

»Faltgirlande.«

»So?«

»Schau!« Lili entfaltet das Papier, und eine Sternenkette wird sichtbar.

»Möchtest du die dann über dein Bett hängen?«

Lili überlegt. »Später.«

»Möchtest du noch etwas essen?«

Lili überlegt wieder und nickt.

Der Kühlschrank enthält allerdings nicht viel. Johanna beugt sich weit hinein, findet trotzdem aber nicht mehr. »Was isst du denn sonst so?«

»Brot.«

»Brot womit?«

»Butter.«

»Butterbrot?«

»Ja.«

»Okay.«

»Mit Salz.«

»Butterbrot mit Salz?«

»Ja.«

»Und was trinkst du dazu?« Johanna denkt an den Kakao, den sie abends immer getrunken hat, als sie in dem Alter von Julias Tochter war. Benko, mit extra Zucker, Vollmilch. Kariesfreund.

»Saft.«

»Orangensaft?« Die Packung steht in der Kühlschranktür.

»Ja.«

In der Brotdose findet Johanna Schwarzbrot. Die Butter wälzt sich eher über das Brot, als dass sie sich aufstreichen lassen würde.

»Salzt du das selbst?«

»Nein.«

»Viel oder wenig Salz?«

»Viel.« Wie viel ist viel für ein Kind, das noch dazu nicht das eigene ist? Besser zu wenig, befindet Johanna und salzt sparsam. Sie stellt Brotteller und Saftglas auf den Tisch.

»Fertig. Du kannst jetzt essen.«

»Gleich«, sagt Lili und schneidet eine weitere Sternenkette aus.

Unschlüssig bleibt Johanna neben dem Tisch stehen. Lili ist nicht aus der Ruhe zu bringen. So ist es vielleicht, wenn man adoptiert, denkt sie sich: Jeden Tag siehst du ein fremdes Kind an, willst nur das Beste für es und weißt nicht genau, wie du das anfangen sollst, weil du kein Recht an ihm hast, kein Recht ihm gegenüber. Johanna tritt zum Regal, in dem einige bunte Bücher stehen. »Soll ich dir später beim Einschlafen etwas vorlesen?«

Irgendwann isst das Kind, irgendwann schläft das Kind. Johanna setzt sich an den Esstisch und schlägt das mitgebrachte Buch vor sich auf. Der Grundriss der Wohnung, die Anordnung der Möbel irritiert sie. Es ist, als wäre sie in ihrer eigenen und doch nicht: Julias Wohnung hat zwei Zimmer, und sie ist spiegelverkehrt zu ihrer eigenen ausgerichtet. Es müssen also früher drei so winzige Wohnungen nebeneinander gewesen sein, nur wurde Julias mit der nebenliegenden verbunden und der zweite Zugang vermauert. Johanna stößt gegen den Tisch, die Bastelschere fällt zu Boden. Lili schläft weiter ruhig im Nebenzimmer.

Sie hat den Wunsch unterdrückt, Lili persönliche Fragen zu stellen. Jetzt atmet der kleine Mensch nebenan schwer im Schlaf, manchmal schnauft es von dort, einmal plumpst ein Kopfkissen zu Boden. Johanna legt es zurück, zupft die Decke zurecht, fragt sich, ob sie das täglich könnte – Butterbrote schmieren, ein Einschlaflied singen, Kopfkissen zurücklegen, jeden Tag. Es scheint ihr unwirklich. Als Julia nach Hause kommt, erwischt sich Johanna dabei, dass sie auf Zehenspitzen geht, während Julia es noch nicht einmal für nötig hält, die Schuhe auszuziehen.

»Alles in Ordnung bei euch zwei?«

Nickend packt Johanna ihre Sachen zusammen. »Alles ruhig. Sie hat ein Butterbrot gegessen.«

»Danke fürs Aufpassen. Magst du noch ein bisschen dableiben?«

»Nein, danke, ich war heute den ganzen Tag unterwegs.«

»Du warst bei deinem Lebensabschnittsvater.« Bei diesem Wort lacht Julia peinlich berührt auf. »Also, du warst bei deinem Vater, oder?«

»Ja, war ich.«

»Wie geht's ihm denn?«

»Ach, mal so, mal so. Wer weiß das schon genau, man kann ja nicht in seinen Kopf ...«

»Hm. Bleib doch noch einen Moment, ich muss mit dir über etwas sprechen ... Eine Tasse Tee?«

»Aber nur einen Moment, wirklich, was ist denn so wichtig?«

»Warte kurz …«

Julia kocht Wasser, wiegt losen Tee ab, stellt Kännchen, kleine henkellose Becherchen und eine Schale Honig auf den Tisch, presst eine verschrumpelte Zitrone aus, setzt sich, hebt noch einmal den Deckel vom Kännchen, sieht hinein, steht wieder auf, holt winzige Löffel aus der Küchenschublade, legt eines vor Johanna ab und eines vor sich selbst, lässt sich wieder nieder, gießt ein wenig Zitronensaft in ihren Becher und kleckst ein halbes Löffelchen Honig dazu.

»Es ist so …« Wieder hebt sie den Deckel von der Kanne, etwas Kondenswasser tropft auf den Tisch. »Ich kann mir die Wohnung nicht mehr leisten. Ich muss ausziehen.«

»Wohin ziehst du denn?«, ist die erste Frage, die Johanna in den Sinn kommt.

Julia seufzt. »Ich weiß es nicht. Vielleicht zu meiner Mutter.«

»Aber … zu deiner Mutter? Die wohnt doch in … Ich meine …«

»Ja.«

»Und deine Arbeit?«

»Für eine mittelklassige Sängerin haben die dort wenig Verwendung. Zumindest nicht für eine bezahlte mittelklassige Sängerin.«

»Aber … was machst du dann?«

»Was man eben so tut – Verkäuferin, Kassenkraft, irgendetwas wird sich finden.«

»Aber Julia!«

Julia sieht Johanna nur aus runden Augen an.

»Julia, du kannst nicht wegziehen!«

»Was soll ich machen, Johanna? Hast du mal in meinen Kühlschrank gesehen?«

Johanna nickt nur. Sie bemerkt, dass Julias rechte Hand, die diese auf dem Tisch abgelegt hat, zittert. Sie greift danach und drückt sie. Dann steht sie auf und verkündet: »Das wird nicht passieren, uns fällt schon etwas ein.«

Julias Mundwinkel zucken.

»Du wirst sehen«, wiederholt Johanna, »uns fällt schon etwas ein.« Gleich darauf wendet sie sich zur Tür. Die Klinke schon in der Hand, dreht sie sich noch einmal um: »Gute Nacht!«

Unbeweglich sitzt Julia vor dem auf dem Tisch arrangierten Teeservice, feiner Wasserdampf steigt aus dem Ausguss der Kanne. Es sieht aus, als würde Julia mehr zu ihrem leeren Becher sprechen als zu Johanna, als sie antwortet: »Gute Nacht. Und danke!«

Aber Johanna kann nicht einschlafen. Von der niedrigen Kommode aus starrt ein überdimensionierter Marienkäfer sie an. Seit das Stofftier sie einmal mit einer unerwarteten Berührung der Fühler geweckt und sein Schatten im Halbdunkel gegen das Fenster sie ernsthaft erschreckt hat, muss das Ding außerhalb des Bettes wohnen. Abgesehen davon, dass es ihr ohnehin klüger scheint, bei etwaigem Besuch nicht durch Stoffkäfer im Bett aufzufallen. Schaut sie ihn nun nachts an, kann sie nicht umhin zu denken, dass der Marienkäfer einsam aussieht und sicher lieber auf dem zweiten Kopfkissen Platz genommen hätte.

Johanna atmet flach ein und aus, um kein Geräusch des Hauses zu überhören. Sie stellt sich vor, wie Julia sich zur selben Zeit in der Nebenwohnung über das Bett ihrer Tochter beugt, dieser die Haare aus dem schlaffeuchten Gesicht streicht und ihr einen Kuss gibt, wenige Zentimeter in die Luft über der Wange. Um Johanna herum stehen ihre Ahninnen, gleich Feen an der Wiege. Sie halten Wache, wie in jeder Nacht, in der Johanna Albträume plagen. Die männlichen Ahnen sitzen einstweilen in der Küche beim Kartenspiel. Der Wasserhahn tropft. Die Gastherme regelt. Das ewige Gespräch der Ahninnen pausiert. Johanna horcht auf die Therme, atmet noch flacher, sieht zum Fenster, das gekippt ist. Gas ist schwer. Gas würde sich zuerst auf dem Boden sammeln, dann aus dem Fenster drängen. Ernst hätte ihr am Telefon wieder einmal vorgerechnet, wie unwahrscheinlich ein Gasleck ist, und sie ermahnt, dass Angst das Leben nicht lebenswerter macht.

Sie schließt die Augen. Konzentriert sich auf die Schwere in ihren Armen und Beinen. Bündelt ihre Gedanken im Bauch. Fühlt die Wärme. Glaubt, die Ahnen mit leiser Stimme über den Karten zanken zu hören. Morgens wird sie von den Müllmännern geweckt werden. Die Ahninnen schweigen weiterhin.

Die Ahninnen hatte Johanna bemerkt, als sie die erste Nacht in ihrer eigenen Wohnung verbrachte. In Ermangelung passender Sitzgelegenheiten hatten sie sich auf dem Boden niedergelassen, einen Kreis bildend, ihr, die sie auf dem bereits im Zerfall befindlichen Sofa lag, teilweise den Rücken zuwendend, als wäre sie gar nicht da, als wäre das hier nur irgendeine Wohnung ohne Fernseher, Geschirr und Bilder an den Wänden. Was wohl die Ahninnen bewogen hatte, in Erscheinung zu treten? Waren sie der Meinung gewesen, Johanna sollte besser nicht alleine wohnen? Und wie konnte man in dem Alter und, in einigen Fällen, nach mehreren Knie- und Hüftoperationen so mühelos im Schneidersitz verharren? Ihr war für einen Moment gewesen, als gäbe es in der Mitte des Kreises ein bis zur Glut ausgebranntes Lagerfeuer, in dem, von Kohlestücken ununterscheidbar, Kartoffeln lagen, und eine ihrer Ahninnen stocherte mit einem Stöckchen in der Asche. Beinahe wäre sie aufgesprungen und hätte geschimpft, dass man doch wohl kein Lagerfeuer auf einem Holzboden machen könne, was die Alten sich dabei gedacht hätten! Sie war nicht gesprungen, denn von diesen Flammen ging keine Wärme aus, so wie man auch die Gelenke nicht knacken hören konnte. Sie hatte die Augen geschlossen und war zum Murmeln ihrer Urur- und Urur念urgroßmütter eingeschlafen. Diesmal klappt es nicht. Nach weiteren zwanzig Minuten sieht sie wieder auf die Uhr und steht auf mit dem Entschluss, eine Tasse heiße Milch zu trinken.

Der Löffel schlägt am Rand der Tasse an, als Johanna umrührt. Sie schaltet den Fernseher ein, es läuft *Tiger & Dragon – Crouching Tiger, Hidden Dragon,* wie Ernst sie verbessert hätte –, sie hat den Film schon zwei Mal gesehen. Johanna schaut meistens fern, wenn sie nicht schlafen kann. Etwas Warmes trinken, etwas Bekanntes ansehen, die Decke um die Beine gewickelt, das ist ihr Nachtleben. *Ding, ding,* klingt der Löffel.

Zhang Ziyi kämpft gegen Michelle Yeoh, und während dieser Szene ist Johanna mit einem Mal, als riefe jemand sie. Sie dreht den Ton leiser und sieht sich um. Eindeutig hat jemand ihren Namen gerufen. Sie rutscht vom Sofa und geht zum Fenster, sieht zuerst hinaus, öffnet es dann, streckt den Kopf ins Freie. Danach geht sie zur Eingangstür, öffnet auch diese, streckt dort ebenfalls den Kopf hinaus, findet nichts. Dann kommt ihr Herr Glantz in den Sinn. Sie stellt die Tasse ab, schlüpft in ihre Schuhe, rupft eine Jacke vom Haken, greift in eine Schale, die auf der Mikrowelle steht, wirft die Tür hinter sich zu und wird genau vor dem Haustor um einen Schritt beinahe von der letzten Straßenbahn überfahren. Der Eingang des Hauses gegenüber steht offen, sie rennt in Sprüngen die Stufen hinauf, poltert dort am Ende des Ganges gegen eine verschlossene Tür, fummelt den passenden Schlüssel ins Schloss, reißt die Tür auf und sieht: Glantz. Glantz, zitternd, zerknautscht und mit einem Pfannenwender bewaffnet, und Gloria, die sich hinter seinem Pyjamahosenbein versteckt.

»Herr Glantz!«, schreit Johanna ihn an.

Der alte Mann zuckt zeitverzögert zusammen. »Johanna! Wo brennt es denn?«

Johanna holt tief Luft, um etwas zu sagen, und verschluckt sich dabei an ihrer eigenen Spucke. »Sie sind nicht tot«, hustet sie.

»Ich bin nicht tot«, antwortet Glantz.

»Wunderbar«, sagt sie, lächelt entschuldigend, überlegt, schämt sich, hält Glantz seine Wohnungsschlüssel hin, doch dieser winkt ab. Seine Manieren gebieten ihm, dem nächtlichen weiblichen Eindringling, der voll guter Absichten nun etwas verwirrt vor ihm steht, ein heißes Getränk anzubieten.

»Möchtest du eine Tasse Tee, Johanna?«

»Gerne, Herr Glantz. Nur bitte nicht schon wieder Kamille, danke.«

Diese Tasse Tee später steht Johanna wieder an der Straße. Sie überquert sie nicht. Sie sieht nur auf die andere Seite. Ihr rechter Fuß schwebt über dem Bordstein. Ein unbeleuchteter Truck fährt langsam, sehr langsam, an ihr vorbei, die Plane auf der einen Seite zurückgeschlagen. Jemand legt einen Schalter um, und der ganze Lkw erstrahlt. Glühbirnen über Glühbirnen formen einen Rahmen für eine Bühne, auf der vier langhaarige Männer in engen Hosen breitbeinig zwischen Lautsprechertürmen verharren. Die beiden Gitarristen brechen die Regungslosigkeit, sie spielen den ersten Riff, und Funken sprühen aus den spitzen Enden der Korpora. Der Sänger reckt eine Faust in die Luft. *Don't stop believing!*, singt er Johanna zu, wippt dabei mit den Hüften, *Hold on to that feeling!* Dann biegt der Truck um eine Ecke, Ton und Licht verebben. Johannas Erstarrung löst sich, sie kippt nach vorne, der ohnehin zum Schritt erhobene Fuß fängt sie ab, ein, zwei hastige Trippelbewegungen, und sie findet einen Rhythmus.

Als sie durch die Haustür eintritt, findet sie sich mit einem Mal in einer Gruppe halb bekleideter Frauen unterschiedlichen Alters wieder, die dort auf Klappsesseln im Gang sitzen, rauchen und in verschiedenen

Sprachen aufeinander einreden. In der Annahme, im falschen Haus gelandet zu sein, macht Johanna kehrt, doch schon am Eingangstor, als sie die Hand auf die Klinke legt, bemerkt sie, dass es keinesfalls das falsche Haus ist, weil hier ihr Name am Briefkasten steht. Sie geht wieder zurück, zwängt sich durch die Gruppe Stripperinnen und Animiermädchen, die hier anscheinend den Hinterausgang ihres Lokales nutzen, um eine gemeinsame Pause zu machen, und nun freundlich lächelnd mit kleinen Hüpfern im Sitzen ihre Stühle zur Seite rücken.

»Himmel«, flüstert Johanna sich selbst zu, »Himmel!«.

Das hat ihre Mutter früher immer gesagt, wenn ihr sonst nichts mehr über die Lippen kam.

倾盆大雨

Qīng pén dà yǔ[5]

Nicht handeln. Den Nachtzug einfach fahren lassen, weil ihn sowieso nichts aufhalten kann.

Was mache ich in diesem Zug? Nichts. Was werde ich machen, wenn ich an meinem Ziel angekommen bin? Nichts.

Das Bett ist zu weich und zu kurz, ich liege bloß, weil ich nicht aufrecht sitzen kann, ich würde mich gerne mit dem Gesicht zur Wand drehen, denn das freundliche Paar auf der anderen Seite des Abteils bietet mir schon wieder etwas zu essen an. Ich nehme nur wenige Sonnenblumenkerne, ich nehme sie, weil ich nicht unhöflich sein möchte, ich kann nicht mehr. Das pizzaähnliche Stück Nahrung vom Bahnhofsimbiss liegt mir im Magen, und das im ersten Drittel von schon wieder zwölf Stunden Zugfahrt. Mir kommt es so vor, als dauerte jede meiner Zugfahrten zwölf Stunden: von einer Ecke Südchinas in die andere, zwölf Stunden hierhin, zwölf dahin. Fremde Städte, fremde Heimaten: Hier sind sie also zu Hause, die Helferinnen, die Bürokräfte, die Krankenschwestern und was ein Waisenhaus sonst noch so braucht, sie wurden einmal zu diesem Zweck zusammengesammelt und am Ende wieder verstreut. Und ich fahre einer jeden hinterher, mit dem Zug, Klasse Weichschläfer. Eine jede ist so freundlich und hilft mir, das

5 »Es regnet in Strömen.«

nächste Ticket zu lösen, schickt mich weiter, wie einer Stille-Post-Nachricht hinterher.

Am Fenster läuft so konstant das Wasser herunter, dass der Zug auch durch ein Aquarium fahren könnte – ich weiß nicht, ob das normal ist für diese Jahreszeit.

In Huángshānshì also wartet eine ältere Dame auf mich, die ehemalige Leiterin der Vermittlungsagentur, Vorsteherin des nicht mehr existenten Hauses, meine Schlüsselfrau. Die eine, die es wissen muss, mehr wissen muss zumindest, mehr als diese anderen, die mir nur wieder und wieder sagen, alles sei kein Problem, man könne hier und da jemanden fragen, ich müsse nur da und dort hin, mit der und der sprechen, aber eigentlich sei es besser, ich täte es nicht. Frauen, Frauen, Frauen, als hätten die das alles unter sich ausgemacht, ein Geheimbund, eine Schwesternschaft, und kein Außenstehender hat etwas geahnt. Johanna hat mir einmal etwas erzählt, über Sekretärinnenschulen in Europa, die keine Schulen waren oder nicht nur: Es waren Verstecke, ein Vorwand dafür, ein halbes Jahr lang von zu Hause wegzugehen und sich dort heimlich Fortbildung, Geburt, Verlassen des Kindes zu widmen. Niemand merkt etwas, und du kommst nach Hause mit einem Diplom, genauso schwer wie vorher, nur etwas erleichtert. Hat man meiner leiblichen Mutter ein Diplom verpasst?

Seitwärts zur Bewegung des Zuges zu liegen, das macht mich ganz benommen, ich fühle mich, als würde ich im Krebsgang vorwärtsgezwungen werden, in Richtung Gelber Berg.

Nichts tun. Auf den Regen vor dem Fenster lauschen,

der so stetig ist, dass er im Grunde kein Geräusch mehr erzeugt. Das Bett unter mir ist leer, dort könnte Johanna liegen, eine Johanna, die mir keine traurigen E-Mails schreibt, eine Johanna, die mir erzählt, was sie denkt, und nicht, was ich hören will.

Vom Stadtteil Túnxī aus werde ich einen Bus nehmen, nach Qíyún, um ein Mal eine daoistische Stätte zu sehen, wenn ich schon da bin, das hatte ich mir sowieso vorgenommen und sogar meiner Mutter versprochen. Sie meinte, es wäre mit Sicherheit eine besondere Erfahrung für mich, auch sie hat einmal einen solchen Tempel besucht, hatte schon in ihrer Jugend etwas für den Daoismus über. Mir fällt dazu nur ein: Sich ein Kind zu holen, statt darauf zu warten, dass das Leben einem eines vor die Haustür stellt, ist nicht sehr daoistisch, zumindest nach meinem Verständnis. Das habe ich ihr allerdings nie gesagt, es würde sie unnötig kränken, auch wenn einer ihrer Lieblingssprüche *Schöne Worte sind nicht wahr* lautet, ihre Ausrede, allen alles ins Gesicht sagen zu dürfen. Und als Johanna ihr von der buddhistischen Taufe Julias erzählt hat, fühlte meine Mutter sich bemüßigt, ihr zu erklären: *Wer selber scheinen will, wird nicht erleuchtet.* So ist meine Mutter also, und sie ist eine gute Mutter – noch etwas, das ich ihr nie gesagt habe.

Im Grunde könnte ich jetzt wieder nach Hause fliegen, *Das war wohl nichts* verkünden und allen weiteren Fragen ausweichen. Ich bin in dieses China hineingegangen, und ich werde auch wieder hinausgehen, wobei das Verhältnis an Ungewissheiten und Gewissheiten in mir sich nicht verschoben haben wird, auf eine seltsame Art und

Weise bin ich vollkommen in Balance. An jenen Tagen, an denen meine leibliche Mutter mir eine Sehnsucht ist, bin ich überzeugt, ihr gegen ihren Willen entrissen worden zu sein, entführt, und ich wünsche mir nur ihretwillen, sie zu sehen, um ihr zu sagen: Mutter, sieh her, das ist dein Sohn, es geht ihm gut, er liebt dich unbekannterweise. An den anderen Tagen scheint sie mir wie ein Stück Eis, von dem ich abgeglitten bin, und sie hat mir nachgesehen, ohne Bedauern. An den einen sage ich mir also, sie wird froh sein, dass ich Sibylle und Johannes gefunden habe beziehungsweise die mich, an den anderen bin ich selbst froh, dass Sibylle und Johannes mich gefunden haben beziehungsweise ich sie. Die beiden haben nie etwas falsch gemacht, und dafür kann man ihnen nur dankbar sein, auch wenn sich die Meinung vertreten ließe, dass Kinder es durchaus nötig haben, im Laufe ihrer Entwicklung die Eltern ein Mal scheitern zu sehen, um ihnen irgendwann auf Augenhöhe begegnen zu können. So spüre ich, dass meine Mutter, obwohl ich längst größer bin als sie, noch immer liebevoll auf mich herabblickt. Was also könnte dieser bisher nicht geglückte Muttersuchversuch ändern, ich bin nicht lange genug hier, um mich heimisch zu fühlen, ganz im Gegenteil, ich ertappe mich selbst häufig bei Anflügen von exotistischem Staunen, und manchmal kommt es mir vor, als müsste ich anders aussehen als die Menschen hier, um den Unterschied, den ich fühle, nach außen hin sichtbar zu machen.

Die Minipizza in meinem Magen hat plötzlich Schlagseite, ich muss mich drehen, um diesen Umstand auszugleichen. Dass es keine gesunde Idee ist, ein abgepacktes

Nahrungsmittel zu kaufen, das ein Spiegelei enthält, das hätte ich mir früher denken können. Johannas Mutter würde mir jetzt ein Glas Wasser bringen, das hilft bei ihr gegen alles: Kopfschmerzen, Verbrennungen, Übelkeit, aufgeschlagene Knie. Vielleicht vertraut sie auch auf die fürsorgliche Geste an sich, das Anbieten des Wassers. Ich habe früher nie verstanden, wie ihre Logik funktionierte, wie sie zum Beispiel mir mitten in der Nacht ein Glas Wasser bringen konnte, während sie Johanna antwortete, sie solle sich selbst eines holen, sie sei doch kein Baby mehr. Und jetzt, bei der Sache mit Johannas Vater ... habe ich etwas verstanden. Warum ihre Mutter ruhig in Südamerika bleiben und den Ablauf der Geschichte auf einem Computerbildschirm verfolgen kann: Sie ist sich sicher. Sie ist sich sicher, weil Johanna ihre Tochter ist, sie ist sich sicher, weil sie Johanna kennt. Sie weiß, dass Johanna ihr ähnelt, so sehr, dass Johanna das niemals hören wollen würde, so sehr, dass Johanna unbewusst versucht, genau anders zu sein, und darum muss sich niemand Sorgen um Johanna machen, denn es ist Johanna, die sich Sorgen um die anderen macht. Um mich zum Beispiel.

Das kleine durch den Regen fahrende Hotelzimmer, in dem ich auf dem zu kurzen Bett liege, kommt mir schlagartig viel zu heiß vor. Das junge Pärchen, mit dem ich in einem Abteil liege, unterhält sich in normaler Lautstärke; ihr Name ist *Xiǎohóng*, Kleiner Regenbogen. Seinen Namen habe ich nicht verstanden; er kann kein Englisch und hat anscheinend beschlossen, dass man sich anders mit mir nicht unterhalten kann. Er hat ihr gesagt, sie soll mich fragen, was ich arbeite, wie viel ich verdiene, ob ich verheiratet bin, ob ich ein Kind habe. Er ist Soldat, und seit er alle gewünschten Auskünfte erhalten hat, spricht er nicht mehr mit mir. Ich habe keine vergleichbaren Fragen gestellt, ich glaube, die junge Frau war darüber sogar ein wenig enttäuscht.

Was werde ich machen, in Qíyún? Dasselbe wie auf dem Boot auf dem Westsee: in die Gegend starren, nachdenken, mich von den Leuten begaffen lassen. Ihr Blick bleibt an mir hängen. Irgendetwas an mir ist falsch, sie wissen nicht was. Ich passe nicht ins Bild. Ich bin verdächtig. Ich stelle Fragen. Als könnte man riechen, dass ich weit weg von zu Hause bin.

Dabei: Was ist die Heimat an sich schon Besonderes? In meinem Fall nichts weiter als eine dieser üblichen Gemeinden, die aus über die Landschaft verstreuten Dörfern bestehen, mit zum Teil nicht einmal einheitlicher Vorwahl und einem Verschönerungsverein, der seine Mission schon lange für fehlgeschlagen erklärt hat. Die Orte teilen sich die Postleitzahl, und die Bewohner haben täglich ihre Freude daran, fehlgeleitete Pakete von hier nach dort zu dirigieren. Es gibt die üblichen außerehelichen Aktivitäten, manchmal Kindesmisshandlung, und jeder spart auf einen Pool. In den Häusern der weniger Wohlhabenden überbietet man sich zumindest am Planschbeckensektor Jahr für Jahr. Und beim Pfarrfest versammelt man sich, unabhängig vom Kirchenbeitragsstatus, weil der Platz zwischen der alten Kirche und der Mauer des Pfarrhofs, dieses satte Stück Wiese unter den hohen Bäumen, ein gar so angenehmer ist, und nur eines glauben dort wirklich alle: dass die Bananenschnitte, die von der Pfarrköchin nur zu diesem Anlass serviert wird, eine Sünde wert ist.

Mir ist unwohl, mehr noch, diese ganze Fahrt, die gesamte Reise ist ein einziges Unwohlsein, ein Rumoren nach dem Magenausgang, aufsteigende Galle. Ich vertrage das Essen nicht, und das Trinkwasser schmeckt seltsam, selbst das in Flaschen. Lautlos spreche ich den Namen des Berges: Qíyúnshān. Ob man in Österreich etwas mit nicht einmal sechshundert Metern Höhe schon einen Berg nennen würde? Noch dazu »wolkenhoch«? Ich werde Johanna davon schreiben, und von dem einen *Lǐ-Bái*-Gedicht, das mir so gefallen hat.

Ich will nicht auf die Toilette gehen müssen, auf dem wahrscheinlich mittlerweile dreckigen Zugklo auf die Knie sinken, mich übergeben, mein Innerstes auf den südchinesischen Schienensträngen liegen lassen, aufgefächert, für alle zu sehen. Nie wieder in meinem Leben werde ich ein Ei essen.

Wir halten an, und ich befürchte, dass noch jemand zusteigen könnte, der sich dann in das Bett unter mir legen müsste. Einerseits würde das eventuell ein Gleichgewicht herstellen, würde ich so nicht mehr ein alleiniger Eindringling in die Privatsphäre dieses Paares sein, das selbst kein Bewusstsein von der Existenz ebendieser besitzt, andererseits müsste ich mich wahrscheinlich mit dem Neuankömmling unterhalten. Vielleicht wäre es eine Frau, und ihr wäre alles peinlich: das Schlafen unter einem Fremden, das Ohne-Begleitung-Sein im Angesicht des Pärchens, die Erfordernis, zu mir höflich zu sein, mein Geruch, meine Geräusche, überhaupt mein Schlaf als

Gesamtes, der in der Nacht wie Flüssigkeit durch die Matratze sickert und auf sie hinabtropft. Sollte ich der Neuen anbieten zu tauschen, sie fragen, ob sie lieber oben schlafen möchte? Ob sie sich dann wiederum genötigt fühlen würde, oben zu schlafen, und wäre es gar angenehm, sie über mir schlafen zu haben, ihre Anwesenheit zu fühlen, durch die Liege?

Mir ist elend. Der Zug fährt an, ich höre jedes einzelne Geräusch auf dem Gang. Was näher kommt, entfernt sich wieder, und niemand betritt unser Abteil. Meine Nachbarn essen Früchte, ich lehne dankend ab, sollte ihnen besser auch etwas anbieten, aber ich habe nichts, keine Süßigkeiten, keine Zigaretten, kein Obst, nur meine Wasserflaschen. Ich bin ein schlechter Gesellschafter, eine rundum inadäquate Reisebekanntschaft, denn alles, was ich anbieten kann, sind Informationen, und auch davon habe ich nicht viele. Ich könnte einfach sagen: *Ich suche meine Mutter*, könnte sogar sagen: *Wǒ zhǎo wǒ de mǔqin*, und sie würden fragen, warum, und wir hätten ein Gespräch, aber ich mache es nicht, ich schweige, ich tue nichts. Diese Fahrt ist eine leere Handlung, ich glaube nicht mehr an Zweck und Ziel, ich tue, was zu tun ist, ich werde zu Hause dann erzählen, was zu erzählen ist, und alle werden sie verständnisvoll die Köpfe schütteln. Bring es zu Ende, sage ich mir.

Am Land komm'n kleine Dinge unter große Räder

Die Fahrt in die Nacht ist ein Schlachtfest. Johanna steigt kurz auf die Bremse. Mehr und mehr Geschöpfe scheinen des Lebens überdrüssig oder haben sich zu einem Kamikaze-Angriff entschlossen. Johanna stellt sich Igel vor, die noch einmal tief Luft holen, bevor sich ihr Schicksal als lebendige Reifenkrallen erfüllt.

Auf einem Parierpfeiler sitzt ein Käuzchen und hält Wache über die Toten. Die Feldbevölkerung liegt auf der Straße, gepresst und ausgedörrt, wie Blumen in nicht mehr benutzten Telefonbüchern, hier offen, eine Ausstellung zur Abschaffung der Arten: Wühlmäuse, Hausratten, Europäische Hamster, Feldhasen.

Mit Glantz' Stimme sagt sich Johanna: »Am Land komm'n kleine Dinge unter große Räder.« Wenige Orte später nimmt sie die Autobahnauffahrt.

Beim Einparken nicht weit entfernt von dem Wohnblock, in dem ihr Bruder nun lebt, seufzt Johanna wiederholt. Heute hat sie bereits Julia geholfen, ihr Hab und Gut in Kartons zu packen, das Aufgeben der Wiener Wohnung scheint für sie unausweichlich, sogar der Vermieter ist da gewesen und hat sich bemüht, ein trauriges Gesicht zu machen. Langsam kommt es Johanna vor, als wäre sie nur noch damit beschäftigt, Gegenstände zum Schutz in Papier zu wickeln und für einen Umzug zu verstauen, mehr noch: als wäre sie die Archivarin des gesamten 21. Jahrhunderts und dazu auserkoren, alles, aber auch wirklich alles, in großen Lagerhallen abzulegen, für eine ungewisse Wiederkehr nach der Evakuierung der Erde; und sie müsste zusehen, wie die Menschheit in Zweierreihen vor großen Raumschiffen Schlange steht, dann winken und auf den Staub warten, im Dunkeln, denn die Letzte macht das Licht aus.

Sie läutet kurz-kurz-lang an der Klingel, sie weiß nicht, wieso sie das tut, noch nie hat sie mit jemandem ein vereinbartes Klingelzeichen gehabt, und schon steht sie vor der Erdgeschosswohnung. Die Tür ist offen, irgendwo aus der Wohnung tönt die Stimme ihres Bruders, Johanna solle ruhig hereinkommen, woraufhin sie genau das tut, ohne sich die Schuhe abzustreifen.

In der Wohnung kommt ihr alles viel zu bekannt vor, obwohl sie nur ein Mal hier gewesen ist, und das vor immerhin etwa vier Jahren. Mit jedem Schritt der heutigen Johanna macht die frühere Johanna ebenfalls einen, bis in den Essbereich, der einen Teil des Wohnzimmers einnimmt. Damals hat noch jemand anders hier gewohnt, ein ehemaliger Klassenkamerad, mit dem sie und Ernst zu einer Beerdigung fahren sollten. Ein Schüler aus ihrer früheren Klasse war bei einem Autounfall ums Leben gekommen: auf dem Weg in sein Erwachsenenleben einfach in einer Kurve geradeaus und gegen einen Baum. Die gesamte Schulstufe sollte geschlossen beim Begräbnis erscheinen. Ernst und Johanna warteten, beide in Schwarz gekleidet, an diesem Tisch in diesem Zimmer sitzend, das Tischtuch in nervösen Händen knetend. Dass ihr Bruder nun gemeinsam mit einem Freund genau diese Wohnung bezogen hatte, war bloßer Zufall, die Eltern des Bekannten hatten sich vor Kurzem scheiden lassen, er selbst war auch längst nach Wien gezogen, niemand wollte die Kleinstadtbleibe behalten, das leere Nest.

Damals war alles eingerüscht gewesen. Die Vorhänge hatten Rüschenreihen, die Küchenschränke trugen an jedem Querbrett einen Rüschenschnauzbart, alle Stühle, das Tischtuch, sogar die Kaffeekanne, Johannas Blick hangelte sich von Stoffbogen zu Stoffbogen durch die Wohnung, so weit sie sehen konnte. Sie war sich sicher, dass in diesem Haushalt eine Klopapierrolle auf Vorrat auf dem Spülkasten stand und ebenfalls ein Rüschenhäubchen trug, sie war sich sogar so sicher, dass sie nicht einmal das Bedürfnis hatte, aufzustehen, auf die Toilette zu gehen und die Annahme zu überprüfen. Der Klassenkamerad ließ auf sich warten. Da wurde die Tür schwungvoll aufgestoßen, Ernst erschrak, Johanna erschrak mit ihm, in der Tür stand ein quadratischer Mann. Der Mann kam näher, und sie bemerkte, dass die Symmetrie gestört war, ihm fehlte der linke Arm. Er ließ sich Johanna gegenüber auf einem Stuhl nieder. Kurz hoben und senkten sich die Rüschen sachte, als würde der Tisch ein- und erleichtert wieder ausatmen.

»Wen haben wir denn da?«

»Johanna.« Johanna streckte ihre Hand aus, doch der Mann sah sie nicht.

»Ernst.«

»Der Chinesenbub, soso.«

Ernst verzog keine Miene. Der Quadratmann, der offenbar der Vater ihres Klassenkameraden war, strich etwas zu zärtlich über das Tischtuch. Überhaupt fügte er sich erstaunlich passend in diese Umgebung ein, Johanna stellte ihn sich mit einer gehäkelten Prothese vor, ein in große Ringel gelegter Arm mit einer Holzkugel am Ende. Sie starrte etwas zu lange.

»Ah, das.« Er nickte. »Willst du wissen, was passiert ist?« Der Mann griff zur Kaffeekanne und sah sich nach einer leeren Tasse um. »Den Finger, den hab' ich beim Bau vom AKW verloren. Ihr wohnt doch ganz in der Nähe dort, nicht wahr?«

Ächzend stand er auf, ohne eine Antwort abzuwarten, ging zum Küchenschrank und holte sich ein Kaffeetässchen mit einem Unterteller, dann schenkte er sich ein.

»Also, den Finger«, fuhr er fort, »hat mir eine Säge abgetrennt, bis zum untersten Glied.«

Er fasste den Henkel der in Relation zu ihm wie ein Spielzeug wirkenden Tasse mit Daumen und Zeigefinger der vorhandenen Hand, Johanna hielt den Atem an. Sein Mund, der eine perfekt gerade Linie war, öffnete sich lukenhaft und nahm den Kaffee auf.

»Ja, so war das.«

Während Ernst begann, unruhig auf seinem Platz hin und her zu rutschen, konnte Johanna nicht anders, als zu fragen: »Und der Rest des Arms?«

»Ja, das ist eine witzige Geschichte.«

Die Kaffeetasse wurde abgestellt.

»Na, da war dieses AKW nun fertig, nicht? Und schon während wir das gebaut haben, habe ich begonnen, nachzudenken, nicht? Ob das wirklich gut ist. Sah nicht gut aus, für mich, das Atomkraftwerk. Ja.«

Wieder ein Schluck Kaffee.

»Strahlende Zukunft, haben sie gesagt, die einen oder die anderen, das weiß ich nicht mehr. Nein, habe ich beschlossen, nein, diese Zukunft will ich nicht. Nicht?«

Ernst zog eine Augenbraue hoch, Johanna beide, weil sie ihre nicht unabhängig voneinander bewegen konnte.

»Na, und dabei ist es passiert, nicht wahr. Beim Sitzstreik vor dem Kraftwerk.«

Ernst und Johanna beugten sich beide nach vorne.

»Bakterielle Infektion der Wunde, wo der Finger fehlte, hat der Doktor gesagt. Amputation.«

Bakterielle Infektion. Er sprach die beiden Wörter aus, als hätte er sie oft trainiert.

»Dem Bau des Kraftwerks Zwentendorf einen Finger geopfert und einen Arm dafür, dass es nicht in Betrieb geht. Musste weit oben abgenommen werden, im oberen Drittel des Oberarmknochens, jaja. ... Aber!«, und *Bamm* schlug er mit seiner vorhandenen Hand auf den Tisch, was eine für sein bisheriges Verhalten unerhörte Kraftäußerung war: »Wir haben gewonnen. Nicht?«

Johanna lächelte. Ernst nickte zustimmend.

Darum denkt Johanna jetzt an das nie in Betrieb genommene AKW hinter den Bäumen, das sich so versteckt abseits der Straße erhebt, dass man es kaum wahrnimmt, an die Kühltürme, die sich unscheinbar in die von Überlandleitungen zusammengehaltene Landschaft eingliedern: die massigen Türen offen, die großen Gebläse auf immer die Gänge trocken haltend. Auf dem Dach und im Freigelände sonnen sich Solarmodule. Irgendwo in der Mauer stecken die beiden ersten Glieder eines Fingers. Der begrünte Grabstein des österreichischen Atomzeitalters.

Aber der Mann zum Quadrat ist längst ausgezogen, und nun lebt in dieser Wohnung ihr Bruder, in einer WG aus zwei jungen Männern und drei Hanfpflanzen. Ihr Bruder schläft im ehemaligen Kinderzimmer, sein Freund bewohnt das Elternschlafzimmer, die Pflanzen gedeihen in der Abstellkammer unter künstlichem Licht. Niemand hat sich die Mühe gemacht, die Rüschen im Wohnzimmer zu entfernen.

Endlich taucht ihr Bruder im Türrahmen auf, beinahe erwartet Johanna, dass er die Kaffeekanne mitbringt und die winzigen Tassen. Aber er hält nur eine Flasche Bier in der Hand, winkt damit in Johannas Richtung und fragt: »Willst du auch eines?«

»Ich bin mit dem Auto da.«

Ihr Bruder zuckt mit den Schultern, zieht einen Stuhl zu sich heran und setzt sich. Die Füße legt er auf einem zweiten ab. »Also«, beginnt er, bricht jedoch ab.

»Tut mir leid, dass es so lange gedauert hat«, entschuldigt sich nun Johanna, »was gibt es denn für große Neuigkeiten?«

»Hattest du nicht auch etwas, das du mir erzählen wolltest?«

Johanna winkt ab: »Du zuerst.«

»Nein, du!«

»Nein, schon in Ordnung, du zuerst.«

»Also«, beginnt ihr Bruder wieder und dehnt dabei die Vokale.

Dann nimmt er noch einen Schluck Bier, das füllt ihm die Backen, er schluckt hinunter, Johanna kann seinen Adamsapfel springen sehen.

»Stell dir vor, ich ziehe jetzt nach Kanada!«, bricht es dann plötzlich aus ihm heraus. »Zum Studium, und im Off-Campus-Programm als Baumpflanzer!« Dabei stellt er die Flasche Bier so schwungvoll auf dem Tisch ab, dass sie ein wenig überschäumt.

Johanna zieht die Augenbrauen zusammen.

Ganz ruhig möchte sie sagen: Ihr wollt mich wohl alle verarschen, und mit »alle« die Mitglieder ihrer Kernfamilie ebenso wie ihre Freunde meinen, die Mutter, die in Peru fremden Kindern die Haare kämmt, den Vater, den das tägliche Beharren auf der Idee, dass sie auf die eine oder andere Art und Weise doch seine Tochter ist, letzten Endes in den geistigen Limbus befördert hat, den besten Freund, der nichts tut, außer sich durch die Kulinarik seines Herkunftslandes zu fressen, und ihre beste Freundin, die irgendwie nichts dafür kann, aber trotzdem fortwill, und gerade ganz besonders den Bruder, Halbbruder, der vor ihr sitzt und seine aufwärtsstrebenden Mundwinkel nicht unter Kontrolle hat, und die alle, alle scheinbar nur eines wollen: sich von ihr entfernen. Aber diese Überlegungen rauschen ihr mit einer solchen Geschwindigkeit durch den Kopf, dass es beim Aussprechen derselben bloß zu verbalen Auffahrunfällen kommen würde.

Und wirklich kommt nur ein Satz aus Johanna heraus, aber es ist vorbei mit ihrer Ruhe, vorbei, vorbei, denkt sie, und sie wirft die Hände in die Luft und brüllt, sodass dem Bruder das Grinsen augenblicklich aus dem Gesicht fällt: »Genug! Ich hab' von euch allen genug! Euch allen!«, und die Augen ihres Bruders weiten sich mit Erstaunen, er nimmt die Füße vom Stuhl und stellt sie auf den Boden, als müsste er sicher stehen, um seine Schwester ansehen zu können, die gerade den Zeigefinger in seine Richtung ausstreckt und: »Ihr ... ihr ... ihr!« hervorstößt. Noch bevor er weiß, was genau geschieht, hat Johanna ihm die Bierflasche entrissen und versucht, sie in großen Schlucken auszutrinken, scheitert aber am allerletzten.

Danach sagt sie leise: »Gut, dass ich nur mit eineinhalb von euch dreien verwandt bin«, und geht, mit sehr schnellen, sehr festen Schritten, und erst als sie durch die Tür ist, fällt ihr auf, dass sie beim Hineingehen die Schuhe gar nicht ausgezogen hatte. Dafür ist sie nun ziemlich dankbar.

6

»Was machst du da?«, wollte Johannas Mutter aus einiger Entfernung von Johannes wissen, der gerade am offenen Bienenstock mit einer Zarge hantierte.

»Es ist notwendig geworden, die Königin zu tauschen, das Volk ist zu aggressiv.«

»Und was kann die Königin dagegen machen?« Johannas Mutter trat näher.

»Bleib bitte da hinten stehen! Die Königin kann nichts tun. Aber das Umweiseln wird den gesamten Schwarm friedlicher machen.« Gewissenhaft setzte Johannes den Deckel wieder auf den Stock. Am Ende klopfte er seine behandschuhten Hände aneinander, als wären sie schmutzig.

Belebe die Räume

Auf dem Land ist kein Anschluss mehr zu finden. Alles gekündigt: Telefon, Internet, Nebenwohnsitz, nur das Fernsehen nicht, wegen der Mindestvertragslaufzeit. Durch Johannas Socken dringt kühle Feuchtigkeit, weil sie ohne Schuhe im Vorgarten steht, den Laptop auf Brusthöhe haltend. Die Nachbarn haben ihr WLAN passwortgesichert. Ein Steinchen sticht Johanna in die Zehe. Sie dreht sich, als hielte sie ein Richtmikrofon in den Händen, aber ein anderes WLAN ist nicht zu finden. Vielleicht sollte sie alles wieder anschließen lassen, überlegt sie, zumindest das Internet, das braucht sie immerhin zur Recherche. Was macht sie ohne Internet? Johanna stellt sich vor, wie sie hinübergeht, an die Eingangstür der Nachbarn klopft und sagt: »Ach, ich schreibe gerade eine Arbeit und habe ein paar Informationen zu wenig, könnten Sie vielleicht?« Und die Nachbarin legt ihr, was sie braucht, in eines dieser kleinen Brotkörbchen mit den Stoffservietten und antwortet: »Ist schon in Ordnung«, als wären es nur ein paar Eier. In einem neuen Versuch gibt Johanna den Namen des Nachbar-WLANs als Passwort ein und tatsächlich – eine Verbindung wird hergestellt. Johanna lacht. Vorsichtig trägt sie den Laptop wieder ins Haus, die Füße streift sie auf dem Weg an der »Herzlich Willkommen«-Matte ab, auf der die Worte schon lange nicht mehr lesbar sind.

Als sie den Laptop auf den Tisch stellt, schließt sie ihn gleich ans Stromnetz an. Das wenigstens ist auch noch vorhanden: Strom und Wasser. In der Küche füllt sie sich ein Glas, wie um sich das selbst zu beweisen. Es hinterlässt den altbekannten Geschmack im Mund.

Die Datei mit ihrem Exposé ist immer noch so gut wie leer. Sie beschließt, es später zu schreiben. Sie tippt den Titel. *»Elternlose Adoleszenz Adoptierter«*. Die halbe Wahrheit, denkt Johanna. Und: Ein Untertitel macht halbe Überschriften ganz. *»Die Suche nach den leiblichen Eltern als notwendiger Schritt.«* Die Suche, schreibt sie bewusst, nicht das Finden. Und notwendiger Schritt wofür? Das wird sich ergeben, entscheidet sie, das kann man alles später noch ändern. Einige Zeit lässt sie die Fingerspitzen auf den Tasten liegen, aber es passiert nichts mehr. Also öffnet sie ihr Mailprogramm und liest noch einmal eine E-Mail von Ernst, der ihr von diversen lokalen Unruhen in China berichtet, zum Beispiel an der Universität, die er gerade besichtigt hat. Der Versuch, sich Ernst inmitten revoltierender Massen vorzustellen, scheitert: Johanna sieht nur einen kleinen Jungen, der verloren herumsteht, während um ihn die Glasflaschen fliegen und der Rauch in Schwaden vorüberzieht. Der November ist bereits fortgeschritten, und langsam wird es wirklich kalt, hier, wo derzeit stets ein Wind geht, und auch in China, Ernst hat sich einen wattierten Wintermantel gekauft, um sich nachts damit zuzudecken, schreibt er, da anscheinend alle Chinesen südlich des Yangzi denken, sie bräuchten keine Heizung. Wie um sich aufzuwärmen, veranstalten die Menschen also in diesem Monat an unterschiedlichen Orten in China einen Aufruhr nach dem anderen, einen Antipolizeiaufstand, einen Spielzeugfabrikaufstand und einen ganz allgemeinen, auch das muss manchmal sein. Ernst ist in seinen E-Mails der Meinung, er hätte sehr wohl Bedarf an einer Heizung und weniger Bedarf an Straßenschlachten. Er schickt Bilder von Dingen, Bilder von Gebäuden, aber keine von sich selbst. Auf Urlaubsfotos von chinesischen Touristen sieht man vor allem: chinesische Touristen. So möchte ich nicht sein, schreibt er. Er fährt also nach China, um sich von China zu distanzieren, denkt Johanna bei sich.

Sie versucht gerade zum dritten Mal, auf diese letzte E-Mail von ihm zu antworten, da macht Skype *duuupdedüüüp*. Johanna klickt auf das Symbol zum Abheben und ihre Mutter erscheint im Videotelefoniefenster. Das Bild ist verschwommen, und manchmal friert die Bewegung für den Bruchteil einer Sekunde ein. Ihre Mutter winkt.

»Hallo, Hanni!«

»Hallo, Mama.«

»Hast du schon gehört?«

»Woher soll ich wissen, ob ich es gehört habe, wenn du mir nicht sagst, was ich gehört haben könnte?«

»Dass Stefan in Kanada studieren will? Und Bäume pflanzen.«

»Ach, das.«

»Ist das nicht großartig?«

»Hm.«

»Ich freu' mich so für ihn! Das wird sicher eine ganz wertvolle Erfahrung! Und erst Kanada! Was für ein wunderbares Land! Und die Natur dort! Nein, wirklich eine gute Idee, das zu machen.«

Noch einige Minuten lang dauert die freudige Zustimmungsbekundung zu den Plänen ihres Sohnes, gefolgt von der Beschreibung einer eigenen Kanadareise, die minutiös geplant, aber nie durchgeführt worden war, weswegen es von ihr »im Grunde nichts zu erzählen gibt, aber«. Johanna hört zu und setzt die Wörter, die von der schlechten Verbindung verschluckt werden, in Gedanken ein. Es ist kein schwieriger Lückentext.

»Warum machst du so was eigentlich nicht?«, fragt die Mutter jetzt, und Johanna holt Luft – sie holt so tief Luft, dass sie husten muss. Bevor sie fertig ist mit ihrem Husten, hat die Mutter allerdings schon wieder angefangen zu reden und lässt Johanna keine Chance, die Antwort zu geben, die sie hat geben wollen, und während eine gewisse Wut in ihr hochsteigt, die sich nicht wegatmen lässt, sieht Johanna hinter ihrer Mutter Kinder durch das Bild laufen, glückliche, durcheinanderwuselnde Kinderchen. Sie hört das abgehackte Lachen, und als sie wieder achtgibt auf das, was die Mutter sagt, ist die gerade bei: »... auch noch verloren, eine schreckliche Sache, sage ich dir, und er wollte gar nicht mehr weg von mir, als ihn seine Tante endlich abgeholt hat, ich musste ihm das Buch schenken, das ich ihm zum Einschlafen vorgelesen habe, obwohl er es auf Deutsch ja gar nicht lesen kann, aber er liebt diese Dinosauriergeschichte, also ...«

»Welche Dinosauriergeschichte?«

»Ach, *Ein Dinosaurier zum Frühstück*, erinnerst du dich daran?«

»Wieso hast du das in Peru?«

»Ich habe es mitgenommen.«

»Meines? Du hast das aufgehoben?«

»Ja, Stefan hat es ja nie wirklich interessiert, da habe ich es bei mir im Schrank aufbewahrt. Weißt du noch, wie ich dir daraus immer vorgelesen habe? Es war mein schönstes Andenken an dich. Darum habe ich auch gleich auf Amazon gesucht, ob ich es noch mal bekommen kann.«

»Aber was machst du …«, beginnt Johanna noch einmal und will den Satz mit »… damit in Peru« beenden, aber die Mutter hat den Satzbeginn wohl nicht gehört, weil die nun ihrerseits sagt: »Ich hab' mir gedacht, falls du mal Kinder hast, möchtest du ihnen eventuell auch daraus vorlesen – dann bringe ich es wieder mit nach Hause.«

»Kinder?«, fragt Johanna und will auch noch »Nach Hause?« fragen, aber irgendwie scheint die Verbindung gestört, denn die Mutter redet einfach weiter.

»Wie geht es überhaupt Balu jetzt, wo …?« Die letzten Worte behält das Internet.

Und kaum hat ihre Mutter das gefragt, verdrängt Johanna jedes Gefühl gerade aufkommender familiärer Verbundenheit aus ihrem Inneren. Das ist die Mutter, die sie kennt: eine, die sich eher nach dem Wohlbefinden eines Hundes als nach dem der eigenen Tochter erkundigt.

»Und mich, mich fragst du nicht, wie es mir geht?«

»Aber Hanni, ich kann dich doch sehen! Gut schaust du aus! Vielleicht solltest du Balu mal besuchen. Und grüß den Johannes von mir, ja? Ich muss jetzt auflegen, war schön, mit dir zu reden! Bussi, baba!«

Und weg ist sie, bevor Johanna sich verabschieden kann.

Wie geht es Balu, wiederholt Johanna in Gedanken und sieht aus dem großen Fenster in den Vorgarten statt auf ihren Laptopbildschirm. Seit Baghiras Tod fragt sie sich: Was machen eigentlich die Leute, die keinen Garten haben, mit ihren toten Haustieren? Bis zu welcher

Größe passt ein Tier durch ein handelsübliches Abflussrohr, und bis zu welchem Alter glauben einem die Kinder, dass das eine ehrenvolle Seebestattung sei? Ab wann begräbt man Schnuffel oder Fips im Biomüll unter den Kartoffelschalen?

Geht sie in Wien durch die Straßen, sieht sie in jeder Blumenkiste auf den Balkonen und Fensterbänken einen potenziellen Meerschweinchenfriedhof, manchmal liegt da vielleicht ein Hamster oder bei ältlichen Damen der ein oder andere Sittich. Jede Topfpflanze ein Grab.

Sie kann von hier aus durch das Wohnzimmerfenster das Schild sehen, das die Maklerin am Zaun angebracht hat. Die Maklerin, die aus dem Nichts kam. Johanna tritt an das Fenster, lässt das Schild nicht aus den Augen.

Dabei stößt sie sich den Zeh an einer Kiste; obenauf liegt dieses Buch über den weiblichen Orgasmus. Sie fragt sich, ob es ihrem Vater gehört, und will eigentlich nicht darüber nachdenken. Jedenfalls ist es nichts, was im Regal hätte stehen bleiben sollen. Sie wirft einen Blick auf den Verbau an der Wohnzimmerwand. Es sind kaum Lücken darin zu entdecken, obwohl sich überall in den Kisten auf dem Boden die Bücher stapeln. Johanna hat langsam den Eindruck, als hätte die Wohnwand ein Haifischgebiss aus Druckwerken.

Sie setzt sich wieder, hat vergessen, warum sie nach dem Schild sehen wollte.

Seit einer halben Stunde sitzt sie vor dem Laptop und starrt auf den Bildschirm, getippt hat sie kein einziges Wort. Ständig muss sie an das Spiel denken, das Ernst und sie als Kinder einmal gespielt haben. Ernst nannte es bloß *Sie kommt*, und es ging darum, dass seine leibliche Mutter ihn hier in Österreich besuchte.

Sie könnte mit dem Inhaltsverzeichnis beginnen, Unterteilungen schaffen, überlegt Johanna. Denn: Aufgaben in ihre kleinsten Teile herunterzubrechen und diese dann abwechselnd in kurzen Zeiteinheiten anzugehen, sodass kein Gesamtfortschritt sichtbar wird, ist ihre herausragendste Fähigkeit. Sie schreibt: »0. Einleitung«. Und hält inne. Auf einmal steht eine zweite Johanna neben ihr und sagt: »Du«, sagt »Seien wir einmal ehrlich, eigentlich willst du doch gar nicht fertigwerden.« Du hmmst deine Antwort in dich hinein. Fragst dich, was sein wird. Verschränkst die Hände in deinem Schoß. Deine eigene Stimme hat einen scharfen Unterton, wenn du mit dir sprichst. Du kratzt mit dem Nagel des rechten Zeigefingers die Nagelhaut am linken ab. Fragst dich, was ist, wenn nichts auf dich wartet. Das Kratzen wird heftiger.

Die erste Johanna klappt den Laptop zu und verbietet der zweiten Johanna den Mund. Um sich abzulenken, widmet sie sich einer anderen Aufgabe: Jemand sollte von Zeit zu Zeit hier wohnen, waren die Worte der Maklerin gewesen. Also ist Johanna jetzt jemand. Sie belebt die Räume. Sie macht das Licht an. Sie lässt das Wasser laufen. Sie steht im Garten. *Sehen Sie, ein liebevolles Heim* ... und von da an hat sie nicht mehr zugehört. Sie wünscht sich, sie könnte es wie Urlaub sehen. Das Haus als Wochenenddomizil – man sollte meinen, dass die Ruhe einem das Denken erleichtert und die fehlende Ablenkung das Arbeiten ermöglicht. Wenn es nur so wäre. Ihr nur die

Ruhe das Denken erleichtern würde. Die fehlende Ablenkung das Arbeiten ermöglichen. Aber kaum ist sie in diesem Haus, sucht sie die ganze Zeit nach der eben nicht vorhandenen Zerstreuung. Und kaum entgleiten ihr wieder einmal die Zügel ihrer Gedanken, schon befällt sie die Angst, sie könnte zerfasern, ganz wie der Vater.

Wie oft muss sie die Räume beleben? Das hat ihr niemand gesagt. Im Winter öfter als im Sommer? Sie bewegt die Vorhänge. Sie sitzt auf dem Sofa, auf den Esszimmerstühlen. Sie benutzt den Backofen und ist froh, dass es keine Gastherme gibt. Im Haus vergeht die Zeit nicht, sie wird nur in Belebung unterteilt.

Das Handy macht den SMS-Ton, Johanna wirft einen Blick darauf. Julia braucht einen Babysitter. Johanna schreibt zurück: »Bin auf dem Land, das Haus beleben. Tut mir leid!!!« Drei Ausrufezeichen. Sie wiegt das Telefon in der Hand, wie so oft, als wollte sie es in die Luft werfen und wieder fangen – oder auch nicht. Und dann erkennt Johanna plötzlich einen Zusammenhang zwischen dem Namen Julia auf dem Display, Julias Mietproblem und dem auf ungewisse Zeit leer stehenden Haus.

»Genau!«, ruft sie aus, gleichzeitig peinlich berührt davon, weil doch weit und breit niemand da ist, der sie hören könnte. Sie wählt Julias Nummer, und als diese abhebt und sagt »Ich wollte dir gerade zurück-«, unterbricht Johanna sie und schreit in das Telefon: »Ich habe eine Idee!« Dabei fuchtelt sie mit der freien Hand in der Luft herum, als vertriebe sie einen Schwarm Moskitos.

凤毛麟角

Fèngmáo Línjiǎo[6]

Ich möchte China unterstellen, mir eine Lektion erteilen zu wollen. Die Treppen unter mir scheinen wie mit Speichel an die Felswand geklebt, alles ist feucht. Diesig, kühl, Nebel und Wolken, nahtlos ineinander übergehend. Ich verschließe meine Angst vor Höhen irgendwo hinter meinem Magen, sperre sie weg – dort klumpt sie an meiner Wirbelsäule und schränkt meine Beweglichkeit ein: nur immer an der Wand entlang. Meine Schritte sind gerade so schnell, dass mich die Lastenträger nicht überholen. Ich schäme mich vor ihnen für mein Unbehagen.

Gerne würde ich mich umdrehen und einfach beginnen, ihnen zu erzählen, wie ich sehen konnte, dass die hübsche Frau in Huángshānshì mir nichts sagen mochte, wie sie den mitleidigen Zug um ihren Mund hinter einer Schicht Lippenstift versteckt hatte, wie die leicht besorgte Miene unter einer Lage Puder hervortrat, der sich im Laufe unseres Gespräches immer mehr in den Falten ihres Gesichts absetzte, die vorher nicht sichtbar gewesen waren. Ich möchte es ihnen erzählen, so wie ich es Johanna erzählt hätte oder meiner Mutter, vor ihnen ausbreiten, was ich bis jetzt gefunden habe, als wären die wenigen Informationsbruchstücke Teile einer kostbaren Ausgrabung. Den geduldigen Tonfall Johannas oder meiner Mutter könnte ich sogar aus ihren E-Mails heraus-

6 »Phönixfeder, Einhornhorn.«

lesen, bis er von einem Moment auf den anderen in Wut umschlägt, darüber, dass man nicht auf sie hören will – darin sind sich Jo und Sibylle mehr als ähnlich. Die Frau, deren Alter ihre Attraktivität noch unterstrich, was mich unser Gespräch lang zwang, auf die Knöpfe ihres Blazers zu starren, und trotzdem seltsam erregt zurückließ, wurde nicht wütend. Sie lächelte auch nicht. Sie sah mir gerade in die Augen und sagte Dinge wie: Ins Ausland gegebene Kinder, die nach über zwanzig Jahren ihre Eltern wiederfinden, sind so selten wie Phönixfeder und Einhornhorn. Sie sagte das, ohne mich traurig machen zu wollen, sie sagte es, weil es wahr war und sie mir ansah, dass endlich einmal jemand mir gegenüber diese Wahrheit aussprechen musste. Keine Umschweife. Eine Sekunde lang hatte ich den Wunsch, sie, sie und keine andere, sei meine Mutter: ruhig, ehrlich, unaufdringlich elegant. Drei Attribute, die nicht auf Sibylle zutreffen, fiel mir gleich darauf ein.

Schwerfällig wie ein Golem arbeite ich mich über die Stufen den Berg hinauf. Ich hätte auch mit der Seilbahn fahren können, aber was hätte ich dann den ganzen Tag lang mit mir anfangen sollen, den ich nun vielleicht auf Nachricht warten muss, wahrscheinlich sogar länger. Es ist wenig aussichtsreich, sehr kompliziert. Das hat sie gesagt, mit ihrer Teetasse in der Hand: »Fahren Sie zum Huáng Shān, genießen Sie die Natur.« Und die Teetasse langsam und vorsichtig auf dem Tisch abgestellt, als wäre sie besonders kostbar. Als könnte zu heftiges Aufsetzen sie zerspringen lassen. »Fotografieren Sie die Kieferbäume dort, die berühmten Kiefern des Gelben Berges. Nehmen Sie ein Bad im Wolkenmeer. *Enjoy.*« Es hat geklungen wie ein Text aus einem Wellnessprospekt, was sie mir da vorschlug, und jetzt: an die Wand betonierte Stufen am steilen Fels, kein Geländer, keine Abgrenzung, nur nasser und darum rutschiger Stein.

Mein Rucksack wiegt leicht auf meinem Rücken, ich habe nur Wasser und eine Art mit süßer Paste aus roten Bohnen gefülltes Milchbrötchen darin. Ich verspüre keinen Hunger. Das Brötchen hätte ich dem Hund geben können, der mir an der Busstation zwischen die Füße gelaufen ist. Kleiner Kerl, riesige Augen. Wie es Balu wohl geht? Ob er Baghira vermisst? Ob er verstanden hat, dass sie nie wiederkommt? Ich möchte seufzen, aber weil ich außer Atem bin, funktioniert nicht einmal das. Durchaus gerne würde ich rasten und mir die Gegend ansehen, denn wenn ich jemandem früher ein Bild von China hätte zeichnen sollen, dann hätten dort im Vordergrund Pagoden gestanden, daneben ein paar Reisterrassen und dahinter, leicht im Dunst verschwommen, diese zweiundsiebzig Gipfel, durch die ich gerade wandere, ein Gebirge wie aus einem modernen Animationsfilm. Davon ist aktuell jedoch nicht viel zu erkennen. Ich sehe meine Hand vor Augen, wenig mehr. Der Winter nähert sich.

Heute Nacht habe ich unter den dünnen Decken im Hotelzimmer schon gefroren, das Fenster ließ sich nicht schließen, es liefen die Kabel der Klimaanlage durch einen Spalt nach draußen, Geräusche sind hereingetropft und mit ihnen die klamme Dunkelheit.

Man möchte meinen, aktuell sei keinesfalls Saison für einen Aufstieg, aber bei einem Berg, der an ungefähr dreihundert Tagen im Jahr im Nebel liegt, macht die Jahreszeit wenig Unterschied, habe ich mir gesagt. Und schon gar nicht, wenn da Stufen hinaufgehen, eine Treppe in die Wolken also, dahinter die Tür zum Himmel. Hier steht niemand, der auf mich wartet, ganz im Gegenteil, da stöckelt nur jemand an mir vorbei, ohne Furcht vor dem Sturz, auf Absätzen, schmal wie ein Stift, und in der wandabgewandten Hand eine Lunchbox. Ein dekorativer Kragen aus falschem Fell stützt ihre Föhnwelle, die Hüften schwingen, und dann ist sie auch schon im Nebel verschwunden. Gleich darauf folgen ihr drei Amerikaner, ich drücke mich an die Wand, um ihnen nicht im Weg zu sein. Sie gehen breitbeinig, ihre Existenz wird rundum von Funktionskleidung beschützt, sie lachen. Es kommt mir vor, als hätten sie die Nasen auf der Fährte des Stöckelschuhmädchens von eben. Ihre Haltung widert mich an. Auch sie werden schnell von den Schwaden verschluckt.

Ich mache mir etwas vor, ich bin kein Tourist, das Warten hat keinen Sinn, der Knoten löst sich nicht. Ich könnte zwei Schritte zur Seite machen, die Arme ausbreiten, die Augen schließen. Mein Name stünde in den Zeitungen. Meine leibliche Mutter würde mich sehen und es wissen.

Reiß dich zusammen, sage ich mir.

Im nächsten Augenblick rutsche ich aus, fange mich gerade noch mit der Hand ab. Nun bin ich doch noch in die Knie gegangen in China. Vielleicht sollte ich sowieso besser auf allen vieren diesen Berg hinaufkriechen, wie ein Bittsteller, ein Pilger, und oben dann offenbart sich mir ein Geheimnis im ersten Morgenlicht.

Ich schaue in das Tal hinunter und sehe nichts außer

den Schemen der Lastenträger hinter mir, mit ihren Stangen schräg über der Schulter. Wo bin ich, etwa auf halber Höhe? Bei diesem Wetter werde ich sowieso keinen Sonnenaufgang sehen.

Da vorne ist ein Gebäude, ein Restaurant, wie es scheint, und ich wünsche mir nur, mich da hineinzusetzen, etwas Scharfes, Fettiges zu essen, aus kleinen Gläsern klaren Schnaps dazu zu trinken und dass mir das alles bedeuten würde, die höchste Zufriedenheit. Dann nehme ich mein Handy aus der Tasche, um den Empfang zu überprüfen, der sogar ganz in Ordnung ist, allerdings mache ich mir dabei etwas vor, denn es wird nichts passieren, es wird niemand anrufen, es wird keine Nachricht kommen, die letzte Dame war wirklich die letzte, es gibt keine weiteren Frauen in dieser für mich uneinnehmbaren Schwesternschaft mehr. Die werden mich auslachen in dem Restaurant, wenn ich dort alleine ankomme, das ist ja keine Imbissbude hier, an der man sich schnell ein paniertes Hühnchenteil abholt. Überhaupt ist dieses Land kein Infoschalter, an dem ich mich einfach anstellen kann und fragen, wo denn bitte meine Mutter wohnt und *Ach hätten Sie auch gleich ihre Telefonnummer*. Oder eben mal bei der Auskunft anrufen: *Könnten Sie in der Liste unglücklich Schwangerer aus den Achtzigern nachsehen, bitte, danke. Nein, der Vater ist mir nicht bekannt.*

Was, wenn ich sie finde, was dann? So stehen wir beide uns eben gegenüber, zwei einander völlig fremde Menschen, die etwas verbinden soll, vielleicht haben wir die gleichen Augen, das gleiche Kinn, und in dieses Wiedererkennen hinein würden wir Zuneigung interpretieren.

Vielleicht würde sie mir etwas zu essen anbieten, und ich würde ihr sagen, dass mir der Geruch bekannt vorkommt, dass sich das alles heimelig anfühlt, jedoch würde ich das bloß sagen, weil ich so vieles andere nicht sagen könnte, und dann säßen wir wohl einander gegenüber, jeder mit irgendetwas in den Händen, damit wir keine Entschuldigung dafür finden müssten, dass wir uns nicht anfassen, und schon würde einer sagen: *Ach, ja.* Und auch der andere: *Ach, ja.*

Wenn du sie findest, wirst du es schon wissen, würde Johanna sagen, die gute Johanna, die keine Ahnung hat.

Ich würde gerne: mich auf eine dieser Bergspitzen setzen, abwarten. Manchmal einen Schluck aus einer Flasche nehmen, einen Blick auf das Land werfen. Mich umsehen, in jede Himmelsrichtung winken. Zehntausend Jahre dort nicht mehr herunterkommen.

Das chinesische Wort für Einsamkeit besteht aus zwei Zeichen für *alleine,* könnte ich mir notieren, bloß für mich selbst, dort auf meinem erhöhten Sitzplatz.

Schon wieder bin ich ausgerutscht, fast hätte ich den mir unheiligen Boden geküsst, mein Herz klopft. Ich darf nur nicht an den Abgrund denken, ich muss immer nach oben schauen, vorwärtsgehen. *Gibt mir jemand seine Hand?*, würde ich gerne fragen, bitte, bitte, eine Hand, zieht mich hinauf. Meine Kleidung ist mit Luftfeuchtigkeit gesättigt und schwer, meine Finger sind steif. Dieser Tag ist wie alle Herbsttage meines Lebens zusammen in einen gepackt, und mit Dunsthänden greift er mir in den Kragen.

Ich nehme den Kristall aus der Tasche und halte ihn vor

den Himmel, wieder und wieder, dabei drehe ich mich um mich selbst. Das Streulicht verrät mir nichts.

Kiefern treten mir aus dem Nebel entgegen, so viele Kiefern, nie wieder in meinem Leben möchte ich eine Kiefer sehen, diese Bäume haben zu viel Charakter. Sie setzen sich in Szene, sie verlangen meine Aufmerksamkeit, ich habe keine abzugeben, ich muss komplett bei mir selbst sein, weil sonst niemand bei mir ist.

Mit Charme und Würde

Noch ein paar Meter von der Straßenbahnstation zum Hauseingang. Der kleine Hund in ihren Armen, der ihr noch ganz fremd ist, strampelt. Sie überlegt, ihn auf den Gehsteig zu setzen, befürchtet aber, er könnte ihr davonlaufen. Er schnauft. Riesengeräusche für einen winzigen Hund. »Na?«, sagt Johanna zu dem schwarzen Mops, der gerade versucht, seine Leine zu fressen.

»Frohe Weihnachten«, hatte Sibylle gesagt, vor zwei Tagen, als Johanna mit ihr im Wintergarten saß. Sibylle hatte ihr eine Zigarette angeboten, extraschlank, extralang, sich selbst eine angezündet und unkontrolliert Rauch aus Mund und Nase geblasen.

»Frohe Weihnachten?«, fragte Johanna. Es war noch ein wenig hin bis Heiligabend, aber Sibylle Hoffmann nickte. Gleich darauf lief ein schwarzer Mops um die Ecke, jemand musste ihm dort einen Schubs gegeben haben.

»Johanna, wusstest du, dass der Mops ursprünglich aus China kommt?« Mit diesen Worten streckte Johannes Hoffmann den Kopf um die Ecke.

»Dieser robuste kleine Hund ist ein angenehmer Begleithund«, las Sibylle aus einem ausgedruckten Wikipedia-Artikel vor, der plötzlich in ihrer Hand war. »Die FCI – das ist der Weltverband der Hundezüchter oder etwas in der Art – beschreibt sein Wesen so: viel Charme, Würde und Intelligenz. Ausgeglichen, fröhlich und lebhaft. Da er zu Übergewicht neigt ...«

Der Rest ihrer Erklärung ging an Johanna verloren. Sie wusste nur noch, dass Johannes schon kurz darauf bereits wieder aus der Küche rief, der Weihnachtskakao sei jetzt fertig. Ein Mops mit Charme, Würde und Übergewicht. Ein Mops mit Namen Manfred.

Ein Mops, der nun in ihren Armen strampelt. »Na du?«, spricht Johanna ihn noch einmal an. Er kneift die Augen zu. Johanna weiß nicht, wie sie es findet: dieses kleine mit den Pfoten rudernde Tier. »Gleich sind wir zu Hause.«

Später hatte Johanna mit Sibylle in der Küche gesessen. Ein Adventskalender mit nicht geöffneten Türchen stand auf der Anrichte an die Wand gelehnt. Der Mops lag unter dem Tisch und versuchte, sich die rote Geschenkschleife vom Halsband zu kauen.

»Haben wir etwas falsch gemacht?«, fragte Sibylle.

Johanna rutschte auf der Holzbank hin und her, sodass sich die hellblau-weiß karierten Sitzpolster zusammenschoben. »Ich weiß nicht.«

»Er hat sich doch immer wohlgefühlt«, stellte Sibylle fest. Ein *Oder?* schwang mit.

Johanna nickte, was Ernsts Mutter nicht sehen konnte, weil die auf den von der Lampe über dem Tisch baumelnden Goldengel blickte.

»Was er wohl sucht?«, fragte Ernsts Mutter den Goldengel.

Sie schnippte Asche von der Zigarette, Johanna registrierte jetzt erst richtig, dass Ernsts Mutter wieder rauchte, obwohl sie schon lange aufgehört hatte, noch dazu in ihrem Haus. Im Aschenbecher lagen drei Stummel. Johanna rührte mit dem langen Löffel in ihrem zweiten Becher Kakao, in dem Minimarshmallows schwammen, die aussahen wie Embryonen eines Michelin-Männchens.

»Natürlich haben wir ihm die Reise bezahlt, keine Frage«, stellte Sibylle vor dem nächsten Zug fest, »das war doch das Mindeste, was wir tun konnten.«

»Das war sehr großzügig ...«, versuchte Johanna im Gespräch zu bleiben, aber Sibylle winkte ihre Zustimmung weg.

»Ernst ist schon ein dummer Name für so einen Jungen, im Grunde«, sagte Sibylle dann unvermittelt.

Fast hätte sich Johanna an einem vollgesogenen Marshmallow verschluckt.

»Aber er hat uns eben vom ersten Moment an ernst angesehen, fast skeptisch, mit so einer steilen Falte zwischen den Augenbrauen.« Ernsts Mutter lächelte, wandte sich Johanna zu. »Außerdem hatten wir Angst, dass hier niemand seinen chinesischen Namen richtig aussprechen können würde.«

Noch später hatte Johanna mit Ernsts Vater im bunten Glanz des Lichts gesessen, das von den vielen Christbaumkugeln am vorzeitig dekorierten Weihnachtsbaum reflektiert wurde.

»Haben wir etwas falsch gemacht?«, fragte Johannes nach der zweiten Flasche Bier.

»Nein«, sagte Johanna bestimmt.

Er seufzte. »Wahrscheinlich kommt er ja bald wieder«, meinte er dann.

»Ja, sicher.« Johanna schwenkte ihre halb volle Flasche Radler, das ihr im Vergleich zum Kakao angenehm säuerlich-herb erschien. Mops Manfred hatte es sich zwischen den Geschenken bequem gemacht und schnarchte. Die Heizungsluft hielt Johannas Augen trocken.

»Angeblich bekommen wir dieses Jahr weiße Weihnachten«, wechselte sie das Thema.

Ernsts Vater legte den Kopf im Ohrensessel zurück.

»Ganz ruhig«, sagt Johanna jetzt zu Manfred, der das Strampeln nicht aufgibt.

Was soll sie mit ihm machen? Immer mitnehmen? Ihn steifbeinig vor sich herummopsen lassen? Ständig herumtragen? Zu Julia geben, zum Aufpassen? Was hat sich Sibylle eigentlich dabei gedacht, hat sie überhaupt etwas dabei gedacht, etwas anderes als: ein Hund tot, ein anderer muss her?

Manfred zittert. Wahrscheinlich ist ihm kalt. Gehört er zu der Sorte Hund, die bei solchen Temperaturen schon ein Mäntelchen tragen müssen? Gehört Johanna ab jetzt zu der Sorte Frau, die in ihren Handtaschen Hündchen in Mäntelchen sitzen haben? Braucht sie ab heute eine größere Handtasche?

Sie öffnet die Eingangstür zum Wohnhaus, setzt den Hund ab, hier kann er nicht mehr davon. In ihrem Postfach steckt ein Packen Werbung, den nimmt sie mit. Manfred läuft auf den Biomüllcontainer zu und pinkelt seitlich dagegen. Grunzbellt Johanna gleich darauf an, mit, wie sie glaubt, freudigem Ausdruck. Darum wollte er also hinunter, denkt sie und ist froh, dass er sich für die Mülltonne entschieden hat.

»Komm, wie gehen in die Wohnung«, erklärt sie und diesmal blafft Manfred, als würde er gleichzeitig niesen. Er sieht nicht so aus, als dächte er daran, zu gehorchen.

»Drinnen ist es schön warm?« Und was, wenn er drinnen auch hinpinkelt? »Komm her jetzt!«

Er denkt nicht dran. Johanna läuft ihm nach, er davon. Sie jagt den Mops durch das Stiegenhaus. Rund um einen Stapel aus alten Zeitungen. Hinter die Mülltonnen. Er bellt fröhlich. Wieder durch das Stiegenhaus. Dann bleibt er stehen, um an seinem eigenen Urin zu schnüffeln. Johanna keucht.

»Komm schon, bitte!« Sie entschließt sich, erst einmal in die Wohnung zu gehen, die Tasche abzustellen und den Mantel auszuziehen, um sich besser bewegen zu können. Ob Ernst das gewusst hat, dass seine Mutter mir einen Hund ...?, denkt sie dabei, und: Ob er ihr gesagt hat, dass sie mir einen Hund ...? Oder ob das Johannes' Idee gewesen ist? Johannes, der jahrelang gemeinsam mit meiner Mutter Balu und Baghira spazierengeführt hat, während wir in der Schule, der Universität waren? Sie hängt den Mantel an den Haken, als auf einmal etwas kleines Schwarzes zwischen ihren Beine hindurchtrippelt und im Zimmer versucht, das Sofa zu erklimmen.

»Na bitte«, sagt Johanna und schließt die Tür.

Aus der Nebenwohnung dringt das Geräusch einer Bohrmaschine, die sich durch die unterschiedlichen Schichten der Wände frisst. Kein Old McDonald mehr. Johanna beschließt, Julia, die heute die erste Nacht alleine im großen Haus verbringt oder zumindest so alleine, wie man mit einem Kind eben sein kann, später gleich noch einmal anzurufen und sie daran zu erinnern, wie die Wärmepumpe zu bedienen ist. »Vergiss nicht, auch den Dachboden und den Keller zu beleben«, hatte Johanna noch gelacht, als sie Julia in der Einfahrt zurückließ, die immer noch nicht genau zu wissen schien, was sie von diesem Arrangement halten sollte, bei dem sie den Großteil der Woche damit verbrachte, ein ihr fremdes Haus zu hüten, und nur die Abende, an denen sie singen musste, in Johannas Wiener Wohnung übernachtete, die Wand an Wand mit jener lag, die nun nicht mehr ihre war, während Johanna dann »draußen«, wie sie es beide nannten, auf Lili aufpasste.

»Nicht nachdenken«, hatte Johanna ihr geraten, »einfach Danke sagen, einfach: Danke, Johanna, du bist die Beste.« So wie es alle tun, hatte Johanna in Gedanken noch hinzugefügt.

7

Johannas Mutter bereute sofort, sich entschieden zu haben, Sibylle dieses Mal alleine zu besuchen.

»Hier war gerade eine Biene im Haus«, begann Sibylle das Gespräch.

Johannas Mutter nickte nur, denn wie konnte sich die Frau eines Imkers auch darüber wundern, dass ihr Bienen in das Haus flogen. Sie sah sich um und konnte nichts entdecken, das sie dazu berechtigt hätte, sich zu ärgern.

»Nun, es heißt, eine Biene im Haus bedeutet, dass ein Gast kommen wird«, fuhr Sibylle fort und stellte eine Tasse Tee vor Johannas Mutter hin, die diese in beide Hände nahm, als wollte sie sich die Finger wärmen, obwohl es ein wunderbar angenehmer Tag war.

»Tötet man die Biene, wird der Besuch unangenehm«, erklärte Sibylle weiter.

Johannas Mutter schloss die Finger fester um die Tasse.

»Ah, siehst du, da fliegt sie«, freute sich Sibylle und zeigte zur Terrassentür.

Die Nester von Salanganen

Das Haus verkauft sich nicht. Johanna hält eine geöffnete Rechnung in der Hand, dabei sieht sie das Haus an, und dessen Fenster werden vor ihren Augen matt von einer Schicht aus im Regen gebundenem Staub, im Zeitraffer sieht sie das Holz reißen und den Verputz Wellen schlagen, die Fassade sich falten und runzeln. Trotz der Belebung durch Julia, trotz des im hinteren Garten spielenden Kindes. Sie betrachtet die winterleeren Beete, in der Hoffnung, irgendetwas möge geschehen und dem Grundstück ein wenig Charme verleihen, mehr Wert. Auf den meisten kahlen Flächen wird im nächsten Frühjahr nichts Brauchbares mehr wachsen, es kommen die Wildblumen und die Bodendecker, das sogenannte Unkraut, der Efeu wird Raum ergreifen, und vielleicht, ja vielleicht kommt dann jemand, der in diesem Haus, unter der Schicht Zeit und Natur etwas sehen kann: Potenzial.

Der bis jetzt schneelose Winter macht den Garten nicht attraktiver, und irgendwie ist Johanna gleichzeitig froh darüber, denn wohin sollte Julia nun gehen, würde das Haus verkauft werden? Lieber nicht darüber nachdenken.

An der Rückwand des Hauses entdeckt Johanna bei ihrem Rundgang ein verwaistes Schwalbennest. Aus einer Tiersendung im Fernsehen hatte sie früh gelernt, wie Schwalben ihre Nester bauen: Männchen und Weibchen in friedlicher Eintracht als Maurer, Lehmkügelchen um Lehmkügelchen, bis nur noch ein kleines Schlupfloch übrig ist. Gebilde, wie um die Brut von Außerirdischen darin aufzuziehen. Johanna hatte ihrer Mutter davon erzählt, drei Mal mit *Mama, stell dir vor* begonnen, bis die Mutter *Ja, was soll ich mir vorstellen?* geantwortet hatte, und daraufhin das Aussehen der Nester beschrieben. Die Mutter hatte, etwas in Gedanken verloren, geantwortet: »In China essen sie Schwalbennestersuppe.«

Später hatte Johanna Ernst gefragt, ob man denn in China wirklich Suppe aus Schwalbennestern machen würde, was er nicht wusste und gefühlsmäßig verneinte, doch der Verdacht blieb. Bei jeder fliegenden Schwalbe musste sie zuerst an heiße Suppe denken, die in einem Nest serviert wurde. Irgendwann fand Johanna durch Zufall heraus, dass die Nester, die gegessen werden, gar nicht von Schwalben sind, sondern von Salanganen.

In der Einfahrt stirbt ein Motor ab. Sie erkennt am Geräusch den alten Kombi, das Auto ihres Vaters, das ohne Diskussion in den Besitz ihres Bruders übergewechselt ist und an dem von der Zentralverriegelung bis zu den elektrischen Fensterhebern bereits jeglicher Luxus seine Funktionsfähigkeit eingebüßt hat. Johannas Bruder hat die Angewohnheit, die Handbremse zu ziehen und gleichzeitig die Füße von allen Pedalen zu nehmen, ohne Rücksicht darauf, ob noch ein Gang eingelegt ist.

Johanna geht durch die Hintertür ins Haus und sieht vorne aus dem Fenster. Ihr Vater sitzt auf dem Rücksitz des Wagens, obwohl die Beifahrerseite ebenfalls frei gewesen wäre, so als würde er in einem Taxi fahren. Er wartet, bis ihm die Tür geöffnet wird. Vielleicht ist auch die Kindersicherung aktiviert.

Gleich darauf betritt Stefan das Haus und der Vater folgt ihm. »Hallo, Hanni.«

»Hallo, Papa.« Sie umarmt ihn. Sein Körper stützt sich kraftlos auf ihren. Während sie ihn aufrecht hält, steckt er ihr zwei Kuverts zu.

»Die legst du unter den Christbaum, gell?«

»Mach ich, Papa.«

Den neuen Hund registriert ihr Vater nur am Rande. Manfred hat Stellung unter dem Schuhregal bezogen.

Stefan hat die Tür offen stehen lassen und zerrt einen zerzausten, magersüchtigen Nadelbaum hinter sich her in das Vorzimmer.

»Was soll denn das?«, will Johanna wissen.

»Das ist ein Christbaum.« Ihr Bruder macht eine Präsentationsgeste, ganz wie ein Teleshoppingmoderator.

»Das ist einfach ein Baum. Ein armer, kleiner, hässlicher Baum. Der Christbaum steht schon im Wohnzimmer.« Johanna betrachtet das Bäumchen kritisch.

»Ich wusste nicht, dass du schon einen hast, und sei nicht so gemein zu meinem Baum ... Hey, Johanna, dein Hund läuft weg!«

»Ach, solange das Gartentor zu ist, kann er nicht ...«

»Ich hab' das Tor offen gelassen.«

»Was heißt, du hast das Tor offen gelassen, mein Hund läuft ja weg!«

»Sag' ich ja!«

»Was zum ...!« Johanna stürzt aus der Tür und sieht Manfreds Hinterbein gerade noch um die Ecke der Garage biegen.

»Manfred! Komm her! Manfred! Wirst du wohl!«

Als sie dann an der Straße steht, ist da kein Manfred weit und breit.

»Manfred!« Während sie noch schreit, wir ihr klar, wie schwer der Wortteil »nfr« auszusprechen ist und wie schlecht sich das brüllen lässt.

»Mamfred!«, ruft sie laut, und das geht tatsächlich leichter, »Mamfred!«

Der Mops hört auch darauf nicht.

Ich scheiß' auf Verantwortung, denkt Johanna und spricht es gleich darauf auch aus: »Ich scheiß! Auf Verantwortung!«

Sie geht drei Schritte in Richtung der Dorfkapelle, als sie sieht, wie sich die Zweige einer neben der Bushaltestelle angepflanzten Kissenlatsche bewegen.

»Mops?«

Der Hund kommt rücklings aus dem Gebüsch gekrabbelt, das hier fern seiner alpinen Heimat wurzelt; Manfred hat ein Wurstsemmelpapier erlegt.

»Rawuff!«, erklärt er und leckt sich die Nase.

»Hey, Bruderherz, weißt du übrigens, wie die Fritteuse funktioniert?« Johanna ist schon wieder auf dem Weg in die Küche.

»Ich? Die Fritteuse?« Er ist verwirrt.

»Na, ich weiß es jedenfalls nicht.«

»Du räumst seit einem halben Jahr dieses Haus aus, aber Hauptsache, eine Fritteuse hast du noch da.« Ihr Bruder sieht sich um und lässt den Blick über die neu geordneten Wohnzimmerregale gleiten, die nun zu drei Vierteln leer sind, und hin zu den zum Schutz der Polsterung auf der Sitzlandschaft ausgelegten Decken. Johanna schaltet die Dunstabzugshaube ein. Ihr Vater hat sich an den Esstisch gesetzt und traut sich nicht, die Arme auf das Leinentischtuch zu stützen.

»Die Fritteuse war im Keller, die hab' ich gerade erst gefunden. Ich glaub', ich hab' gar nicht genug Bratöl, um die zu füllen«, ruft Johanna. Das Geräusch des Dunstabzugs übertönt beinahe ihre Worte.

»Nimm eine Pfanne«, meint ihr Bruder im Wohnzimmer.

»Ich nehme doch lieber eine Pfanne.«

»Sag' ich ja!«

»Was?«

»Ich sagte, nimm doch eine Pfanne!«

»Ich versteh' dich nicht, es ist so laut«, schreit Johanna in das Lüftergeräusch hinein und beginnt das Weihnachtsessen vorzubereiten.

Beim Betrachten des gedeckten Festtisches will sich bei Johanna kein weihnachtliches Gefühl einstellen. Ohne Kerzenlicht bleibt die Dekoration glanzlos. Ihr Vater sitzt auf der Eckbank, Rücken nach vorne gebeugt, und stützt sich mit den Händen auf der Sitzfläche ab. Er starrt auf den Tisch, seit zehn Minuten auf denselben Fleck, der seit Jahren schon im traditionellen Weihnachtstischtuch ist, irgendetwas Öliges. Ihr Bruder blättert in einer der herumliegenden Zeitschriften. Julia hat sich an die äußerste Ecke des Tisches gesetzt und fühlt sich sichtbar fehl am Platz. Sie hat Lili, die fortwährend »Kommt das Christkind?« wiederholt, auf ihren Schoß gezogen. Fängt sie Johannas Blick auf, so lächelt sie.

Warum mache ich das alles eigentlich alleine?, möchte

Johanna laut fragen und tut es nicht. In der Fernsehwerbung würde jetzt ein aufgeklappter Laptop auf dem Tisch stehen, und ihre Mutter wäre per Skype zugeschaltet, und alle würden lachen, obwohl niemand einen Scherz gemacht hat. Ihre Mutter hat aber nur eine Karte geschickt, mit einem Alpaka vorne darauf. Sie möchte den Vater nicht aufregen, steht auf der Rückseite.

»Essen ist fertig«, sagt Johanna, obwohl sie besagtes Essen bereits gut sichtbar auf den Tisch gestellt hat. Ihr Bruder nickt, legt die Zeitschrift beiseite und beginnt, Mayonnaisesalat auf seinen Teller zu schaufeln, Johanna selbst legt dem Vater ein hufeisenförmiges Stück Karpfen vor. Lili will mit der Patschhand in die Salatschüssel greifen, was Julia verhindert.

»Passt auf wegen der Gräten!«, warnt Johanna.

»Hm?«, macht der Vater.

»Aufpassen, der Fisch hat Gräten.«

Später, vor dem Weihnachtsbäumchen, das, wie Johanna plötzlich auffällt, auch nicht viel besser aussieht als jenes, das Stefan mitgebracht hat, und auf dem sich neun vereinzelte Bienenwachskerzen verzweifelt an die Äste klammern, während sich diese unter dem Gewicht biegen, fragt Julia, ob man denn nicht etwas singen soll, und die beiden Männer schütteln den Kopf. Doch Julia stellt Lili ab, die sich auf die Geschenke stürzt, ohne auf die Namensschilder Rücksicht zu nehmen, richtet sich auf und öffnet den Mund, und plötzlich sind glasklare Silben im Raum, die sich um den Baum schwingen: *»I'll have a blue Christmas without you, I'll be so blue just thinking about you, decorations of red on a green Christmas tree …«*

Stefan starrt Julia an, die im Bühnenmodus ist und eine Hand über ihrem Busen schweben lässt; der Vater blickt aus irgendeinem Grund auf Johanna.

Während der Bescherung denkt Johanna an Weihnachten bei den Hoffmanns, an den Baum, der an dem Tag, als sie Manfred abgeholt hatte, schon aufgeputzt dastand, in Rot, Gold und Stroh. Eine Dreimetertanne, ein wuchtiges Stück Wald, herausgeschnitten aus seiner natürlichen Umgebung und passgenau in das Haus eingefügt. Dort sitzen jetzt wohl Sibylle und Johannes in ihren Rattansesseln, zu ihren Füßen liegt Balu auf einer Decke aus echter Schurwolle, nur eine Lampe ist an. Die beiden haben Bücher aufgeschlagen, vielleicht die *Weihnachtsgeschichte* von Dickens, vielleicht aber auch *Moby Dick*, und obwohl sie keinen Kamin haben, knackt irgendwo Holz und ihre Füße stecken in gefilzten Hausschuhen und im Garten steht eine Laterne, in der eine Stumpenkerze brennt, wie ein Wegweiser, ein schwach flackernder Leuchtturm für den auf ferner rauer See reisenden Ernst.

Ganz plötzlich ist Johanna sich gewiss, dass Ernst seine Mutter finden wird, zumindest das. Ein hellseherisches Weihnachtswunder, denkt sie und misstraut der eigenen Eingebung. Und doch: Sie ist sicher, es wird passieren, es ist nur eine Frage der Zeit, und es wird ihn, obwohl er sehenden Auges dieser Enthüllung entgegengeht, treffen wie ein Holzhammer: schwer, dumpf und unerwartet. Auf seinem Weg wird er durch eine Märchenwelt wandeln, von der er schon immer geschwärmt hat. Johanna kennt deren Orte nur den Namen nach: den Fünf-Blumen-See in Sìchuān, die Regenbogen-Berge in Gānsù, den Steinwald in Yúnnán. Und im Nachhinein wird ihm das alles so unwirklich erscheinen, als hätte er es nicht gesehen, sondern nur davon gelesen. Während sie diese Gewissheit in ihrem Inneren wachsen spürt, möchte sie mit der Faust auf den Couchtisch schlagen, weil dieser Ernst nun bald drei Elternteile haben wird, während ihr eines nach dem anderen abhandenkommt.

Später ist sie froh, dass sie den Fernsehanschluss behalten hat und sich noch ein Kasten Bier im Keller finden lässt. Gemeinsam sitzen sie und ihr Bruder – der mittlerweile weiß, dass er ihr Halbbruder ist, und diese Nachricht geradezu ärgerlich ruhig aufgenommen hat – auf eine Art, wie sie noch nie zusammengesessen haben, und beschimpfen die Sendungen, die das alte Röhrengerät ihnen anbietet. Der Vater hat sich in sein früheres Zimmer zurückgezogen. Julia ist gegangen, um ihre Kleine schlafen zu legen, und nie wieder aufgetaucht. Manfred hat mit Baghiras Hundekörbchen Freundschaft geschlossen. Er schnarcht hörbar und träumt spezielle Mopsträume, die Schnauze und Beinchen zucken lassen.

Auf einem Sender sagt ein Politiker, Kinder bräuchten Wurzeln und Flügel, und Johanna will ausrufen: Was für ein Quatsch. Fliegen können, aber nie abheben, weil einen da immer etwas von der Wade abwärts festhält. Sie stellt sich einen Bundesadler vor, der bis über die Krallen in einem österreichförmigen Stück Erde einbetoniert ist, wie in eine Schwimmhilfe Marke Mafia. Wer Flügel hat, der braucht ein geschütztes Nest, zu dem er jederzeit zurückkehren kann, einen Ort für Rast. Und nicht etwas, das ihn unten hält. Johanna trinkt zu langsam. Die Kohlensäure verflüchtigt sich, sie lässt die halbe Flasche stehen. Johanna versucht, ihren Bruder nicht zu stören und Platz zu lassen für alles, was er noch aussprechen wollen könnte. Überhaupt hätte es in dieser Familie früher schon viel mehr Freiraum gebraucht, ist Johanna überzeugt, und das nicht nur, weil sie weiterhin kistenweise Dinge aus dem Haus schleppen muss, die offensichtlich lange schon niemand mehr benötigt hat. Hätten sie Raum gehabt umeinander, hätte man nicht überflüssige Regale und alte Zeitungen gestapelt und gehofft, dass die anstehenden Fragen mit dem restlichen Krempel im Laufe der Zeit am Staub erstickten, so hätten sie die Probleme im Blick behalten können.

»So ein Volltrottel!«, sagt Stefan in diesem Moment zu dem Politiker auf dem Fernsehbildschirm.

»Idioten«, murmelt auch Johanna, sympathisierend, obwohl sie gar nicht weiß, worum es konkret geht.

»Geh, schalt um«, bittet er sie.

»Wieso? Immer dieses stückerlweise schauen, das geht mir auf die Nerven.«

»Und deswegen muss ich mir jetzt die Werbung ansehen?«

»Nein. Die ist mir egal.«

»Ich hol' mir noch ein Bier. Magst auch eines?«

»Bitte. Danke.« Dabei steht die alte Flasche weiterhin halb voll vor ihr.

Ihr Bruder bringt zwei neue, und als er zurückkommt, fällt Johanna wieder einmal auf, wie wenig sie einander ähneln und wie gern sie ihn hat, und dann sehen sie gemeinsam die Werbespots an, die Produkte für Männer und Kinder anpreisen und allesamt versuchen, den diesen Männern und Kindern zugehörigen Frauen klarzumachen, dass es richtig und gut ist, einen Mann und ein bis zwei Kinder mit den beworbenen Produkten zu versorgen.

Johannas Mutter hat an diese Werbewelt geglaubt. Johanna erinnert sich an Kinderriegel, Maoam und Lachgummis, an Matchbox-Autos, Legosteinhäuser und vieles mehr. Die in den Schubladen alt und fettfleckig gewordenen Schokoladetafeln, die unter dem Sofa verschwundenen Spielzeuge, die im Garten verlorenen und zerbrochen wieder aufgefundenen Plastikteile, das ist es, was ihr als Erinnerung geblieben ist. Eine Kindheit mit Grasflecken an den Knien ihrer Hosen. Befragte sie heute ihre Mutter zu den täglichen Nutellasemmeln und Sunkist-Päckchen, so würde diese sagen, das habe es für ihre Kinder nie gegeben, sie sei eine verantwortungsvolle Mutter gewesen, eine, die sich auskannte, gesunde Ernährung und so weiter. Genauso würde die Mutter wohl sagen, dass sie und der Vater glücklich gewesen seien, lange glücklich, trotz des Altersunterschiedes, der sie am Ende trennte, weil sie noch jung war und die Welt sehen wollte, während der Vater sich nichts mehr wünschte als eine neue Hollywoodschaukel. Die Mutter hatte also die Taschen gepackt, ihrer Tochter den Autoschlüssel geschenkt und den Vater, der seine kärntnerische Heimat vermisste, das Gestell der neu gekauften Hollywoodschaukel auf der niederösterreichischen Terrasse allein zusammenbauen lassen. Formfehler waren ihr nicht vorzuwerfen gewesen.

Stefan sieht Johanna eine Weile von der Seite her an, ohne dass sie es gleich bemerkt.

»Was Neues von Ernst?«, fragt er irgendwann.

»Nein«, antwortet Johanna. »Gar nichts.«

Sie schweigen.

Vor etwa einer Woche, genau viereinhalb Monate, nachdem Ernst nach China gegangen war, hatte dieser in einer E-Mail, seiner vorerst letzten an Johanna, geschrieben, *alles* sei nun etwas komplizierter geworden, die Umstände hätten sich verändert, da sei etwas in Bewegung gekommen. Seitdem macht sich Johanna Sorgen. Ernst ist niemand für Krisensituationen. Er ist jemand, den man davon überzeugen muss, sich in kalten Nächten den Pullover nicht bloß über die Schultern zu hängen, sondern ihn wirklich anzuziehen. Ein Sterngucker, nicht erst seit dem Studium der Astronomie. Die Nase durchgehend oben, weil der Blick an den Wolken hängt. Wie soll so jemand nicht in Schwierigkeiten geraten, wenn alles in Bewegung kommt? Und was hat er überhaupt gemeint?

Johanna umarmt sich selbst, spürt dabei, wie falsch sich der Stoff ihres Sommerkleides anfühlt, das sie als Nachthemdersatz unter dem Bademantel angezogen hat.

Als sie abrupt aufsteht, stößt sie eine der Bierflaschen an, die auf den Teppich fällt und mit leisem Gluckern auszulaufen beginnt. Stefan wirft in dem Versuch, sie aufzufangen, die zweite, halb leere um, die zuerst im Zeitlupentempo vom Tisch rollt und sich danach zur anderen auf dem Teppichboden gesellt. Mit zu langsamen Bewegungen sammelt Johanna die Flaschen ein.

»Ich such' was zum Aufwischen.«

Die Bierflaschen immer noch in der Hand, geht sie in die Küche. Sie lehnt die Flaschen schräg kopfüber in das Spülbecken, wo sie sich restlos leeren. Im Schrank sind keine frischen Geschirrtücher mehr, sie greift nach einer großen Packung Küchenrolle. Im Fenster der Widerschein der Chemiefabrik. Etwas Magisches, das wünscht sie sich, wünscht es für sich und diese Gegend. Im Wohnzimmer läuft jetzt der Nachrichtensender, so laut, dass Johanna jedes Wort des Sprechers verstehen kann. In den USA hat ein als Weihnachtsmann Verkleideter bei einer Familienfeier neun Menschen getötet. Auf einmal drückt ihr Manfred seine feuchte Schnauze von hinten an die Wade. *Oh father, where art thou*, formen Johannas Lippen tonlos.

一往无前

Yī wǎng wú qián[7]

Während ich das Handy, in dem ihr Name, der mir fremde Buchstaben enthält, und ihre Adresse gespeichert ist, wie einen Schatz in der Hand halte, imaginiere ich, wie ich der hübschen Stewardess *Ich fliege zu meiner Mutter* zurufe, und sie daraufhin in meine Richtung lächelt und mir gleich darauf eine dieser dünnen und zu kurzen Flugzeugdecken bringt, mich darin einpackt wie ein Kleinkind, das man zu Bett bringt, und mir ein Mal sanft über die Wange streicht. Die Vorstellung von ihrer Hand auf meinem Gesicht gefällt mir.

Gleichzeitig fühle ich mich schuldig, weil ich noch einer anderen Person gerne sagen möchte, dass ich jetzt auf dem Weg zu meiner Mutter bin, und das ist Sibylle. Mama.

Ob sie das kränkt? Ob ich sie kränke, mit meiner Reise ganz im Allgemeinen, damit, dass ich suche? Ob sie sich fragt, ob sie mir zu wenig gegeben hat, zu viel, das Falsche – oder ob das eben einfach so ist: dass man gerne wissen will.

Die Dame aus Huángshānshì hätte ich küssen können, durch das Telefon hindurch, und gleich noch eine Weile mit meinem Ohr auf ihrer Brust liegen bleiben, wie ich es in meiner Vorstellung tat, während sie mich mit ihren besonders feinen Fingern gekrault hätte, genau am Haar-

7 »Mit Courage vorrücken.«

ansatz. Kein Anruf, nur eine Textnachricht, mehr kam nicht von ihr, und das nach der Zeit, die schon vergangen war, und ihrer abwehrenden Haltung bei unserem Treffen, und trotzdem war ich ein paar Sekunden lang wie verliebt in sie.

Zu Hause ist Weihnachten. Die Qualität der Feiertage ist bei uns immer an der Größe des Baumes zu messen: Ich frage mich, wie groß er wohl in diesem Jahr ausfällt. Sprechen sie von mir?, möchte ich wissen und gebe mir selbst gleich die Antwort: Mit Sicherheit werden sie von mir sprechen. Gerne wählt man die Abwesenden als Thema, ungern sich selbst – lieber von den unsichtbaren Dingen erzählen, den fernen, lautet die Devise. Ich glaube, dass sie mir trotzdem ein Geschenk unter den Baum legen werden, hübsch verpackt, das wird später in meinem Zimmer auf mich warten, ganz gleich, wie lange ich wegbleibe. So ist Sibylle, sie hält einen fest, egal wohin man aufbricht, ihre Güte ist wie Treibsand: Bist du einmal drinnen, kannst du dich selbst nicht mehr befreien. Aber du fühlst dich nicht erstickt, sondern nur besonders fest umarmt. Du lässt es geschehen.

Ich kann mich in meinem Sitzplatz zurücklehnen, die Reihe hinter mir ist leer. Es ist eine vergleichsweise kleine Maschine, ein Inlandsflug von Ürümqi Xəhri aus, trotzdem ist sie nicht voll besetzt. Dass man mich überhaupt so einfach nach Xīnjiāng, in das Uigurische Autonome Gebiet, hineingelassen hat, nach all der Aufregung im Land rund um die Olympischen Spiele, das verwundert mich am allermeisten. Meine Mutter ist in Xīnjiāng, sage ich mir vor, meine Mutter ist in Xīnjiāng. Und ihren

Namen spreche ich leise vor mich hin, und dann dieses eine Wort alleine: Mutter. Danach verwerfe ich es wieder.

Sage ich zu ihr Du oder Sie. Wenn ich mit ihr Englisch sprechen kann, habe ich das Problem nicht. Ist man heutzutage noch per Sie mit einer Frau, durch deren Vagina man diese Welt betreten hat? Kann man das? Ich würde meinen, dass jede Interaktion mit der Vagina einer Frau einen irreversibel miteinander zum Du übergehen lässt. Außer man ist Gynäkologe, wahrscheinlich. Sind Frauen mit ihren Ärzten und Ärztinnen für den Genitalbereich per Du? Niemals würde ich mit meinem Urologen per Du sein wollen. Habe gar keinen Urologen. Hatte noch nie Bedarf an einem Urologen. Mein Vater hat einen. Ob ich sie nach meinem leiblichen Vater fragen –

Ein Luftloch. Ein kleines.

Das Wetter ist eigentlich gut, es sollte ein ruhiger Flug sein. Wenn ich schwindelfrei wäre, würde ich aus dem Fenster sehen. Kann ich noch umkehren? Einfach so am Flughafen in Ҡəxҡər von Ankunft zu Abflug gehen, in die nächste Maschine steigen und so tun, als wäre ich nie da gewesen? Die ältere Dame hat meine Mutter informiert. Hat einen Anruf gemacht, einen, der nur so abgelaufen sein kann: *Hallo? Spreche ich mit … Ja? Setzen Sie sich einen Moment hin. Ich habe einen jungen Mann kennengelernt. Er ist Ihr Sohn. Er möchte Sie sehen. Ich werde ihm Ihren Namen und Ihre Adresse geben, ich hoffe, das ist in Ordnung? Ja? Weinen Sie doch nicht. Ja, er wird Sie besuchen …*

Und dann bin ich da. So einfach. Ohne weitere Voranmeldung. Stehe vor ihrer Tür. Und sie hat sich inzwischen entschlossen, mir diese auf keinen Fall zu öffnen. Oder doch. Sie steht also in der Tür, ich davor. Oder ich in der Tür, sie dahinter im Zimmer. Sieht mich an. Ich sehe sie an. Wir wissen nicht, was sagen. Vielleicht weint sie. Weint aus Freude. Weint aus Scham. Weint, dass ihr der Atem wegbleibt. Ich will sie fragen, warum. Gleich als Allererstes. Warum, warum, warum.

Schon wieder ein Luftloch. Immer noch legt China es darauf an, dass mir konstant unwohl ist.

Will Sibylle es wissen? Soll ich ihr das alles erzählen? Gleich, danach, am Telefon? Oder ihr schreiben, in einer E-Mail? Soll ich besser warten, bis ich nach Hause zurückkomme, bis sich das alles in meinem Kopf geordnet hat? Soll ich sie von da an Sibylle nennen? Das würde sie wahrscheinlich traurig machen. Komme ich heim und nenne sie weiterhin Mama, macht sie das glücklich. Ich möchte sie glücklich machen. Will die andere Frau, dass ich sie Mutter nenne? Will ich sie so nennen? Ich weiß gar nichts.

Das erste Mal, dass mir ein Unterschied zwischen Johannas Familie und meiner eigenen bewusst wurde, war: als mir auffiel, dass Johannas Eltern sich, an Johanna gewandt, gegenseitig niemals beim Namen nannten. Ich glaube, es hat über ein Jahr gedauert, bis ich zum ersten Mal Johannas Mutter den Vornamen ihres Ehemannes aussprechen hörte. Ich kam zufällig gerade in die Küche, als sie ins Wohnzimmer rief: »Herbert, kannst du bitte endlich den Apfelbaum schneiden, sonst haben wir das schon wieder versäumt.« Weil dieser Satz mit dem noch nie gehörten Namen begann, habe ich ihn mir seltsamerweise gemerkt, Wort für Wort. Fünf Jahre, zehn

Jahre, fünfzehn Jahre später klingt er mir manchmal, wenn Johanna von ihren Eltern spricht, in meinem Kopf: »Herbert, kannst du bitte endlich ...« Danach war ich zu Johanna zurückgegangen und hatte sie gefragt: »Hast du gewusst, dass dein Vater Herbert heißt?«, woraufhin sie mich nur verständnislos ansah.

Die Stewardess bringt mir Tee. Ihr Gesicht ist angenehm. Freundlich. Der Teebecher warm in meiner Hand. Sie spricht Englisch. Ich will nun wirklich nach einer Decke fragen. Bevor sie wieder weggeht. Sie nickt. Will mir eine von diesen dünnen Flugzeugdecken bringen, Handtuchformat. Werde ich nehmen. Besser als nichts. Mehr Tee auch noch, bitte. Ich halte ihr den Becher hin, sie versteht. Ich bilde mir ein, ich lächle freundlich. Warum merke ich jetzt erst, dass ich mich gar nicht richtig in meinen Sitz zurückgelehnt habe? Viel zu aufrecht.

Unauffällig sehe ich mich um. Meine Mitreisenden sind beinahe ausschließlich männlich. Sie tragen Hemden. Ihre Sakkos haben sie knitterfrei verstaut. Und ihre Aktentaschen, Rollkoffer und so weiter. Das sind Geschäftsmänner. Chinesen. Eine Familie dort. Eine andere noch ganz hinten. Wenige Menschen. Viele freie Sitzplätze. Und ich.

Man bräuchte ein Handbuch Familienzusammenführung. Gibt es dafür Floskeln, Höflichkeitsregeln, Erregungslevel, die angemessen sind? Wird von mir erwartet, dass ich mich freue? Warum sollte ich hinfahren, wenn ich mich nicht darauf freue? Den Finger auf einen wunden Punkt legen. Den Schorf abkratzen. Vielleicht ist es das, was ich tue.

Viel Glück hat sie mir gewünscht, die sehr gepflegte

ältere Dame, in ihrer Nachricht mit der frohen Botschaft. Viel Glück. Viel Glück. Als wäre das hier ein Goldgräbertreck. Als würde ich ausziehen, um reich zu werden. Braucht man Glück, wenn man seine Mutter treffen will? Hätte man vielleicht schon früher brauchen können, die Portion Glück. Dann müsste man die Mutter heute nicht erst kennenlernen. Was, wenn ich sie nicht mag? Was, wenn sie mich nicht mag? Wir uns nicht mögen? Ich für sie wie ein Rehkitz bin, das von fremden Menschen angefasst wurde? Sie kann mich nicht mehr riechen. Sie zeigt mir die Tür.

Hätte ich ein Geschenk mitbringen sollen? Etwas Weihnachtliches? Feiern die Leute hier Weihnachten? Die Leute hier: meine Familie. Ich vermisse Weihnachten, dabei ist es mir noch gar nicht entgangen. In der Volksschule waren wir gemeinsam im Krippenspiel, Johanna und ich. Damals, bei der allerersten Probe ... Ehe wir uns versahen, war Johanna Maria. Und ich ein Schaf. Jedes Mal, wenn ich das mir über die Ohren rutschende weiße Papierband, an dem die Schafwollohren befestigt waren, wieder nach oben schieben musste und die winzige Maria sah, die beinahe unter ihrem Schleier verschwand, hatte ich das Gefühl, dass etwas hier nicht stimmte. Die Maria hielt still ihren Josef an der Hand, der eigentlich ein Alexander war und der seinen Hirtenstab wie ein Lichtschwert schwang. Ich wäre gerne dieser Josef gewesen. Ich hätte der zuständigen Lehrerin vorwerfen können, die Ansicht zu vertreten, dass ein asiatisch aussehender Zimmermann in einem österreichisch-christlichen Krippenspiel ob seines Aussehens nichts verloren hatte, jedoch, ich tat es nicht, ich war ein Kind, und wer weiß auch schon ... Ich füllte also meine Lungen mit weihrauchschwangerer Luft und blökte, sobald man es verlangte.

Die Stewardess kommt mit meiner Decke. Wie gerne hätte ich, dass sie diese unter mir feststeckt und ich den Flug als Larve im Kokon verbringen könnte, um entpuppt am Ziel aus dem Flugzeug zu steigen.

Das Holzscheit in den Keller

Sie befindet sich im Inneren einer großen Halle. Sofort erkennt Johanna, dass es sich um eine Schwalbennesterfabrik handelt. In der Mitte thronen große Lehmhaufen, an den Wänden hängen über die ganze Länge Holzbretter wie Regale an der Wand, bis unter das Dach. Ein überdimensioniert wirkendes und seltsam dekoratives Vogelbad steht an einem Ende. Das Licht scheint Johanna ein wenig zu hell, und Fliegen setzen sich augenblicklich auf ihre nackten Unterarme, Dutzende davon. Arbeiter entlassen pärchenweise Schwalben in die Hallenfreiheit, die ihren neuen Himmel mehrmals in beide Richtungen umkreisen, um sich dank des Angebots an passenden Brutplätzen und Insekten für den Moment mit der Situation abzufinden. Ein jedes Pärchen verständigt sich darauf, keine Zeit zu verlieren und mit dem Nestbau zu beginnen. Emsig ist das Wort, dass Johanna dabei träumend in den Sinn kommt. An allen Holzbrettern wachsen neue Schwalbeneigenheime. Abends, wenn die Vögel ein verdientes Bad nehmen, sammeln die Arbeiter die frisch gebauten Nester ein. Kommt das Pärchen zurück und findet sein Heim nicht mehr vor, ist die Verwunderung und das anschließende Entsetzen groß, der Geräuschpegel in der Halle schwillt an. Die Arbeiter tragen einen Gehörschutz und sammeln ungerührt weiter. Die Schwalben klagen, bis die Müdigkeit sie überkommt, sie setzen sich auf die Holzbretter und spenden einander Trost durch Nähe. »Morgen ist ein neuer Tag«, singen sie, »ein neuer Tag, ein neues Nest.« Da wacht Johanna auf.

Sie bleibt im Dunkeln liegen, zieht die Decke bis zu ihren Augen hoch, linst über den Rand. Sie weiß, sie ist in Wien, sie ist allein. Es ist unbegründete Angst in ihr, eine Unruhe. Sie fasst unter ihr Bett, wo die alte gusseiserne Bratpfanne liegt, schließt die Finger um den Griff.

Die Einsamkeit macht sie krank, und ihre Krankheit ist die Fantasie: Jedes nur erdenkliche Unglück kann sie sich bis in das letzte grausame Detail hinein vorstellen. Dasselbe gilt für jegliches Glück. Und tritt dieses zuvor schon mehrfach imaginierte Glück endlich ein, gibt es keine Freude mehr darüber, die Vorstellung hat bereits alles davon verbraucht.

Sie muss das Haus loswerden, und gleichzeitig darf sie das nicht, weil nun Julia darin wohnt. Es passiert ihr zu oft, dass sie befürchtet, alles könnte irgendwie falsch sein. Nicht seine Richtigkeit haben. Sie selbst nicht ihre Richtigkeit haben. Und wieder einmal steht die zweite Johanna neben ihr und sagt: »Du.« Als würde sie ihr auf die Schulter tippen und etwas zeigen wollen: »Du, Johanna.«

Jetzt krabbelst du doch aus dem Bett und gehst in die Küche. Dort stehst du in der Mitte und lässt die Arme hängen, flugunfähiger Vogel. Vielleicht hast du den Kopf etwas zur Seite gelegt, aber das wird dir erst bewusst, sobald du dich aufrichtest, streckst und aus diesem Albtraum ein zweites Mal erwachst. Die Tür anstarrend, hörst du in dich hinein, hörst dir selbst beim Fragen zu: Was, wenn diese Tür nicht dazu da ist, die Welt von dir zu trennen, sondern dich von der Welt? Wenn das Draußen vor dir beschützt werden muss und nicht du vor dem Draußen? Wenn du die Gefahr bist, von der du denkst, dass sie überall sonst wohnt? Wenn du die Angst spürst, die andere vor dir haben sollten? Was, wenn der Schlüssel, der dort in der Schale liegt, nicht in dieses Schloss passt? Oder: Was, wenn der Schlüssel nicht einmal der Schlüssel ist. Du traust dich nicht, ihn in die Hand zu nehmen und den Test zu machen, der Ausgang ist ungewiss. Was, wenn nur du selbst dich klar sehen kannst? Wenn du für alle anderen wie verwaschen bist, die Form nicht hältst? Du denkst fortwährend an den Schlüssel. Was aber, wenn der Schlüssel doch passt, hinter der Tür jedoch nicht der Hausflur liegt, den du kennst? Wenn die Eingangstür, die du auf dem Weg zur Straßenbahn aufstoßen musst, dir ein wenig zu leicht und ein bisschen zu feucht von der nächtlichen Luft vorkommt, im Moment, in dem du die Hand danach ausstreckst, um sie zu öffnen. Was, wenn die Stadt dir feindselig erscheint? Würdest du dich fragen, ob am Morgen nach einem Regenguss alles matschig in den Lachen liegt? Ob du dein Leben aus Pappmaschee neu formen würdest, in Recyclingbraun? Doch du stehst immer noch hinter der Tür, hast weder nach dem Schlüssel gegriffen, um dem Fragen ein Ende zu bereiten, noch hast du dich bewegt, du horchst nach dem Hund, der Hund ist nicht da, du hast ihn bei Julia gelassen. Du denkst also an dich selbst und formulierst: Du. Du stehst mit hängenden Armen neben dir und sagst: Du, Johanna, musst in den Keller gehen, nach dem Boiler sehen, oder du duschst heute kalt. Du denkst nicht daran, dass du hier in dieser Wohnung keinen Keller hast. Dabei erinnerst du dich, wie es unter der Dusche ist, wo du dir das Wasser auf den

Nacken prasseln lässt und auf einmal jedes Zimmer bevölkert scheint, Schritte und Stimmen, und wie du die Tür der Duschkabine nicht schließt, um wenigstens über diesen Teil des Raumes die Übersicht zu behalten. Du fragst dich, wie man jemals seinen Kindern gegenüber behaupten kann, sie bräuchten sich nicht zu ängstigen, ohne die eigene Glaubwürdigkeit zu verlieren. Ob Generationen von Eltern ihre Furchtlosigkeit aus ihrer Zweisamkeit schöpften, die bröckelt, sobald einer nicht da ist? Du bewegst dich nicht hin zur Tür, den Schlüssel in der Schale auf der Kommode siehst du nicht an.

Und dann ist der Spuk mit einem Mal vorbei, Johanna bemerkt, wie ihre Zehen in der Kälte taub werden und dass sie die Pfanne immer noch in der rechten Hand hält. Im gesamten Gebäude herrscht Stille. Sie kann die Anwesenheit der Ahninnen fühlen. Der neue Nachbar hat seit seinen Probebohrungen alle Geräusche eingestellt. Johanna lauscht ihrem eigenen Atem und erwartet beinahe, ihn in der Luft aufsteigen sehen zu können. Fröstelnd tritt sie auf den Badezimmerteppich, der vor der Dusche liegt, und sieht sich um. Gerne möchte sie die Ahninnen fragen, ob sie etwas wissen, über ihre Träume, über ihren Vater. Öffnet Johanna den Mund, wenden ihr die alten Frauen den Rücken zu, stellen sich in ein Grüppchen zusammen, als hätten sie etwas zu besprechen, das Johanna nichts angeht. Manchmal huscht eine an Johanna vorbei, und sie möchte sie festhalten, doch sobald sie versucht, eine von ihnen zu fassen, mit einem Blick oder auch mit der Hand, entgleiten sie ihr. Sie gibt auf. Kurz kommt ihr der Gedanke, nach

Glantz zu sehen, gleich darauf erinnert sie sich an das letzte Mal und entscheidet sich dagegen. Durch die Vorhänge fällt genug Licht herein, dass sie ihre Einrichtung erkennen kann. Vor dem Fenster ist ein weißer Schein. Bald werden die Müllmänner kommen und Spuren im Hof hinterlassen, denn es hat geschneit.

8

»Du musst keine Angst haben«, erklärte Johannes der kleinen Johanna, als sich eine Biene erst auf ihrem Strohhalm niederließ und gleich darauf scheinbar interessiert vor ihrem Gesicht auf- und abflog.

»Weißt du, Bienen können menschliche Gesichter erkennen. Genau wie wir. Sie merken sich die Linien deiner Augenbrauen, deines Mundes, deiner Nase ...« Er schnitt eine Grimasse. Dann lachte er kurz auf. »Vielleicht kommst du ihr ja bekannt vor.«

Johanna verstand nicht, wie er das meinte.

Die Luft unter dem Dach

Alles ist ein Lied. Selbst der Versuch, ein Haus zu verkaufen.

In jeder von Johannas Lieblingsserien gibt es diese eine Folge: Musical. Sie hasst das. Was ihr jedoch beim Ansehen nicht auffällt, ist, dass man nach zwei Minuten diese Abneigung vergisst. Vergisst, dass das nicht so gehört. Dass nicht andauernd alle singen sollten, reimen sollten, durch die Räume tanzen. Johanna lehnt alleine im Türrahmen zum Wohnzimmer und beobachtet die Szene. Sie trägt Manfred auf dem Arm; Julia und Lili warten bei Ernsts Eltern das Ende der Besichtigung ab.

Der Mann mit dem Bariton. Jetzt trällert er die Maklerin an, aus welchem Material der Holzboden sei, etwa echtes Parkett? Er klingt, als hätte er dabei Gurgelwasser im Mund. Seine Frau legt zur selben Zeit theatralisch ihre Hand an die Wand, lässt die Finger über die Tapete gleiten. Johanna möchte Das gehört uns! schreien. Schert euch hinaus. Aber Johanna schweigt, denn sie singt nicht. Hat noch nie gesungen. Konnte niemals singen. Schweigt viel, viel lieber.

Es fehlt nur noch ein Stepptanz im nackten Wohnzimmer, dort, wo früher der Teppich lag. Der Teppich, in den Johanna Baghira einwickeln wollte. Der Teppich, auf den Stefan und Johanna das Bier verschüttet haben an Weihnachten. Der Teppich, den Johanna aus der Reinigung nie wieder abholen wird.

Nun halten sie sich an den Händen, er und sie, dieses Paar, das den Kauf des Elternhauses erwägt, und Johanna kann sie denken hören, welche ihrer Möbel wohl in welche Ecken passen und ob der Fußboden geeignet wäre für ihre spielenden Kinder, und niemand hat Johanna gefragt, ob dieses Parkett der Boden ist, auf dem sie später ihre Nachkommen spielen sehen möchte oder einfach auch nur weiterhin Julias Tochter. Niemand hat gefragt.

Spotlight auf die Maklerin: hoffnungsvolles Lied über die zu erwartende Provision. Verstohlen, natürlich, zur Seite – die Kunden dürfen nicht wissen, dass es ihre eigenen Interessen sind, die sie an erster Stelle vertritt. Sie schert sich nicht darum, wessen Kinder später ihre Spielzeuge hier über einen vorhandenen oder nicht vorhandenen Teppich schieben, wessen fallen gelassene Vase einen kleinen, für die Parkettbodenewigkeit sichtbaren Schaden im Holz hinterlässt.

Abgang. Ein weiteres Paar wird erwartet. Hoffnungsvolle Jungakademiker, sie wissen die Lage der Immobilie zu schätzen, die Familienplanung steht an. Ihre Eltern wohnen nur ein paar Dörfer entfernt. Wie die Lachse schwimmen sie zum Laichen nach Hause. Die Donau stromaufwärts.

Die Maklerin und Johanna gehen sich aus dem Weg. Finden unterschiedliche Fenster, um hinauszusehen, oder, wie eben, eine Entschuldigung, um in die Küche zu gehen und ein Glas Wasser zu trinken. Dabei muss Johanna ihren Manfred abstellen. Das Wasser schmeckt restkalkig und fade, das kommt vom Filter. Sie stellt sich vor, wie bei jedem Schluck, den sie aus diesem Glas zu sich nimmt, der Kalk sie von innen heraus auskleidet, alle Gefäße, ihr Körper als filigranes Stuckwerk. Würde man alles Leibliche entfernen, bliebe ein fein strukturiertes Abbild ihrer selbst zurück, dünner als gutes Porzellan, matt glänzend, elfenbeinfarben. Behaltet mich oder gebt mich ins Museum, möchte sie sagen. Aber da ist niemand.

Niemand ist nach hinten in den Garten gegangen, und das ist gut so. Sonst hätten sie die Wühlspur gesehen – als wäre ein betrunkener Maulwurf an der Oberfläche entlanggerudert. Sie hatten für Julias Kind einen Sandkasten bauen wollen, und die Grabungstätigkeiten waren etwas ausgeufert, als Johanna ein Nest von Rosenkäferlarven fand, schlaftrunken, zwei, drei Monate zu früh geweckt. Legt man die eingerollten Engerlinge auf eine glatte Fläche, kommen sie nicht aus eigener Kraft auf die Beine. Das macht sie jedoch nicht völlig wehrlos: Sie robben auf dem Rücken liegend davon. Johanna hatte eine lange, krumme Rinne gegraben und die Käferlarven wie Saatgut darin verstreut, in der Hoffnung, dass sie bald blau metallisch und sirrend in den Himmel stiegen.

Ein fremder Wagen kommt in der Einfahrt zu stehen, und wer weiß, ob er in diesem Augenblick wirklich noch fremd ist oder bereits zukünftig heimischen Boden befährt, Stellung bezieht. Johanna wendet den Kopf.

Im Vorbeigehen sammelt sie Manfred wieder auf, der im Vorraum an einem vergessenen Paar Schuhe kaut. Im oberen Stockwerk hält sie inne, da, wo sie neben dem Treppenaufgang die Kisten mit Kleidern und dem alten Modeschmuck gestapelt hat. Horcht auf die Eingangstür, die Begrüßung. Da ist keine Musik mehr.

Würde genau jetzt das Haus verkauft werden, bliebe Johanna nicht viel zu tun. Die letzten Reste ihres Familienlebens in das Auto laden. Alles auf einer Liste im Kopf abhaken: das Wasser im Garten abdrehen. Die zwei Rosensträucher der so seltenen nachgezüchteten Sorte neben dem Auto abstellen. Die Ummeldung für den Stromanschluss unterschreiben. Die Tür schließen. Den Schlüssel zwei Mal umdrehen, dann der Maklerin übergeben. Das Namensschild aus dem durchsichtigen Plastikschuberchen auf dem Briefkasten ziehen. Manfred in das Auto setzen. Sich vergewissern, dass Julia und ihre Tochter auf ihren Plätzen sind. Sich selbst in das Auto setzen. Wieder aussteigen, weil die Rosensträucher noch draußen stehen. Versuchen, die Rosen in den Wagen zu packen, und dabei feststellen, dass dafür kein Platz mehr ist. Einen Stock der gaffenden Nachbarin schenken, den anderen der Maklerin. Einsteigen und losfahren.

Aber das Haus wird nicht verkauft.

Bevor Johanna Julia und die Kleine zurückholen kann, muss sie noch zum Supermarkt. Der im Nebenort hat bereits geschlossen. Sie wendet das Auto und verlässt die Ortschaft, fährt ein Stück auf der Freilandstraße, an deren Seiten die zu dieser Jahreszeit nackten Felder liegen. Sie ist noch nicht viel weiter, da laufen zwei Fasane vor ihr nach links über die Straße. Johanna bremst und weicht nach rechts aus, erleichtert, die Tiere rechtzeitig gesehen und reagiert zu haben. Mitten im Lauf entscheidet sich der hintere der beiden allerdings, dass er doch lieber auf der Straßenseite bleiben möchte, von der er gekommen ist. Er macht kehrt und findet den Tod an Johannas Nummernschild. Das Tier wird ein Stück weit nach vorne in die Luft geschleudert und prallt noch einmal gegen den

Kühler, bevor es unter dem Auto verschwindet. Eine einzelne Feder bleibt auf dem Wischerblatt liegen. Der Mund steht Johanna ein wenig offen, aber da ist niemand, der das bemerken würde.

»Stell dir vor«, wird Johanna später am Abend mit dem Laptop auf den Knien an Ernst schreiben: »Stell dir vor, wie Kinder im Volksschulalter vor ihren aufgeschlagenen Biologiebüchern sitzen und darin diesen Satz unterstreichen: Der natürliche Feind der Feldtiere ist das Automobil.«

Ernst hat schon lange nicht mehr auf ihre E-Mails geantwortet.

一五一十

Yī wǔ yī shí[8]

In drei Wochen bin ich in Shangri-la, in der Provinz Yúnnán, dort bin ich geboren. Südlich der Wolken also, im Paradies. Davor werde ich in Lhasa gewesen sein.

Ich teile mir den Jeep mit drei amerikanischen Touristen. Es sind die drei vom Gelben Berg, mit Sicherheit, aber sie haben mich nicht wiedererkannt. Ich glaube nicht an Zufälle. Von Anfang an habe ich so getan, als würde ich sie nur schlecht verstehen, sie in dem Glauben gelassen, ich sei Chinese und könnte ihnen irgendwann noch mal nützlich sein. Sie wissen nicht, wie schlecht meine Chinesischkenntnisse sind, und sie wissen schon gar nicht, wie fehlerbehaftet und unzureichend mein Chinesischsein ist. Nichts an mir ist gut genug. Oder doch, eines ist gut so: Ich spiele ihnen vor, mein Englisch sei noch viel schlechter als das unseres Guides und Fahrers, man muss mich also nicht ansprechen. Wenn man mit dem Finger in die Gegend weist, um mir etwas zu zeigen, bleibe ich stumm.

Sad man. Das hat unser Guide am ersten Tag den drei Amerikanern als Erklärung gegeben, als er mich ihnen vorgestellt hat. Ich habe nur ihre Hände geschüttelt und genickt: Ich bin ein trauriger Mann. Mehr hat euch nicht zu interessieren. Fast hätte ich mir gewünscht, diese Reise per Pferd zu unternehmen, in einer schweigsamen Gruppe zu reiten, jeder allein mit seinen Gedan-

8 »Systematisch und mit allen Details erzählen.«

ken. Manchmal ein einsilbiger Ruf, ein *Hoo!* oder ein *Hei!*, und das Geräusch der Pferdehufe auf dem Untergrund.

Statt Pferdehufen höre ich das manchmal besorgniserregende Schlagen des Jeepmotors. Die Erklärungen unseres Guides sind allerdings nicht viel detailreicher als die Rufe der Reiter in meiner Fantasie. *Look*, sagt er und zeigt in die Gegend: *Monastery. Monks. Very old*, und die Amerikaner fotografieren aus dem geöffneten Fenster.

Die drei unterhalten sich ungeniert, weil sie denken, dass wir sie ohnehin nicht verstehen, und wir verziehen keine Miene, egal was sie sagen. Zum ersten Mal auf dieser Reise bin ich ein Einheimischer. Ich weiß nicht, ob dem Guide klar ist, dass ich mehr verstehe, als ich zugebe, und auch nicht, wie viel er in Wahrheit mithört. Er karrt Touristen gegen Entgelt durch die Gegend, erträgt ihr debiles Gestammel, zeigt manchmal auf etwas und sagt: *Look*. Ich respektiere das, ich respektiere, wie er während der Fahrt auf seinem Handy herumdrückt und dass wir ihn in Wahrheit nicht interessieren. Seit ich in Xīnjiāng war, fühle ich nichts mehr. Die langen Fahrtstrecken machen, dass sich meine Gedanken anders bewegen.

Er tippt schon wieder etwas auf dem Handy.

»My wife: pregnant.«

Das sagt er jetzt zu mir. Ich habe keine Ahnung, ob er gerade erst erfahren hat, dass seine Frau schwanger ist, oder ob er es schon länger weiß, er verzieht keine Miene. In jedem Fall wird er die nächsten Wochen mit uns verbringen, danach ist er in Südwestchina und muss erst wieder nach Hause kommen, vielleicht mit einer anderen Gruppe, genau die gleiche Tour, in die entgegengesetzte

Richtung. Ich neige den Kopf, das meint eine Gratulation. Er tut es mir gleich, das bedeutet, er bedankt sich für meine Glückwünsche. Die drei Amerikaner haben nichts bemerkt.

Ich denke wieder an Ķəxķər, wie ich so gut wie jede Sekunde an Ķəxķər denke, an das Haus, vor dem mich der Taxifahrer aussteigen ließ, an den jungen Mann, der mich in der Tür erwartete, mich quasi abfing. Er erklärte mir, er sei mein Bruder, was mich zumindest so lange sprachlos zurückließ, bis er seine Erklärungen beenden konnte. Er sei also mein Bruder, und da drinnen, in dem Zimmer, da sei meine Mutter. Es sei sein Zimmer, seine kleine Wohnung. Seine Mutter habe ihm alles erzählt, die ganze Geschichte. Sein Vater dürfe von alledem hier nichts zu hören bekommen, nie im Leben dürfe der davon erfahren. Er selbst habe mich kennenlernen wollen, mich sehen, mir die Hand geben. Er gab mir noch einmal die Hand und lächelte. Ich konnte gar nichts tun, außer mir die Hand drücken zu lassen, das war schon alles. Mein Bruder erzählte weiter, und ich verstand, dass er mein Halbbruder war. Ich betrachtete sein Gesicht lange und eingehend, konnte darin keine Ähnlichkeit entdecken, nicht beim Kinn, nicht bei den Augen. Er erklärte, er sei der Einzige in der ganzen Familie, der etwas davon wisse, und dieses *davon* meinte mich. Ich war eine Angelegenheit. Ich könne auch niemanden von den anderen Familienmitgliedern kennenlernen, das sei ausgeschlossen. Weder die Onkel und Tanten noch seinen Bruder oder seine Schwester. Wir standen noch immer an der Tür, ich genau auf der Schwelle, er schon innerhalb. Er war im Begriff, mich einzulassen, da machte ich einen schnellen Schritt vorwärts. Er hielt inne. *Ready?*, fragte er mich. Er fragte mich das, wie ein kleiner Junge den anderen fragt, bevor er ihm einen Schatz zeigt. Ich machte den Mund auf, um ein »Ja« zu formulieren, aber ich brachte es nicht über die Lippen. Wir gingen hinein.

Mein Schädel pocht dumpf gegen die Scheibe, der Jeep fällt mit einem Hinterrad in ein Schlagloch, kämpft sich wieder heraus. In dem Gerüttel kann man seinen Kopf nicht unter Kontrolle halten. Mein Mund ist trocken, ich reibe mit der Zunge gegen die Zähne, habe das Gefühl, als hätte ich Sand am Gaumen kleben, habe keine Ahnung, woher der gekommen sein soll. Vor dem Fenster gibt es nichts zu sehen, nur Landschaft. Die Landschaft ist einer der Gründe, warum die Amerikaner hier sind. Sie schießen ein Foto, sie blecken die Zähne zu dem, was sie ein Lächeln nennen, dicht stehende Reihen gerader, künstlich weißer Zähne.

Meine Mutter hatte kein zahnstrotzendes Lächeln. Den ersten Ausdruck in ihrem Gesicht habe ich nicht gesehen, denn es war schummrig im Zimmer, vor dem Fenster hingen bunte Tücher. Ich dachte an einen Harem. Da saß sie also, auf einer Art niedrigem Sofa, und kam mir zu klein vor, winzig, und ich dachte nur, dass das nicht meine Mutter sein konnte, niemals, sie sah einen Moment lang für mich aus wie ein angsterfülltes Kind.

Schon als ich ihren Namen aussprach, wusste ich, dass ich das falsch tat, mein Halbbruder verbesserte mich flüsternd, und ich fühlte mich gemaßregelt, gleichzeitig war ich ihm aber auch dankbar. Ich wiederholte ihren Namen, sie sah mich an, und ihre Augen glänzten silbrig wie die eines Tieres.

Sie kann dich nicht sehen, sagte mir mein Halbbruder in mein linkes Ohr, und ich verstand nicht. Sie ist fast blind, fuhr er fort. Ich wollte weinen, ging zu ihr hin, setzte mich neben sie auf das Sofa, ein wenig zu hastig. Mittlerweile habe ich die Szene so oft in Gedanken wiederholt, dass es mir vorkommt, als wäre sie aus einem Film, den ich mir mehr als ein Mal zu oft angesehen habe. Nur ihr Gesicht, das bleibt verschwommen.

»Look.«

Vor dem Fenster ist ein Gebäude, dahinter noch eines, ein Dorf, wenn man eine Ansammlung von drei Häusern so nennen möchte. Wäre ich einer der Touristen, würde ich den Guide gerne fragen, wer hier wohnt, was das für Menschen sind, und er würde es wohl nicht wissen. Es kann sein, dass ich ihm, haben wir Shangri-la erst erreicht, sagen will, dass ich dort geboren wurde, dass ich darum per se ein Glückskind sein sollte, ein mythologisches Wesen.

Meine Mutter saß also dort mit ihrem Silberfischblick, konnte mich wohl nur als Schemen wahrnehmen, und dann griff sie nach meiner Hand. Sie weinte nicht, aber ich fühlte ein Schluchzen in diesem Griff und drückte fest zu, als wollte ich ihr damit etwas zu verstehen geben. Meine Mutter murmelte, während die übersetzende Stimme meines Halbbruders wie über Lautsprecher aus allen Zimmerecken zu kommen schien:

»Sie sagt, sie hat dich vermisst. Sie sagt, du warst so ein liebes Baby. Dein Vater war ein Han. Wir sind Uiguren.

Sie war nicht verheiratet. Sie sagt, sie konnte dich nicht behalten. Sie musste dich hergeben. Sie haben ihr erklärt, dass eine ausländische Frau kommen wird und dich holt. Sie wusste, du würdest ein gutes Leben haben. Es tut ihr leid, dass du deine Geschwister nicht kennenlernen kannst. Sie sagt, wir zwei wären ihre Lieblingssöhne. Sie freut sich, dass wir uns getroffen haben. Sie fühlt, dass du ein guter Mensch geworden bist. Es tut ihr leid, dass es nicht anders ging ...«

Himmelsbegräbnis

Den ganzen Monat über hat Ernst nichts von sich hören lassen. War der Herbst die Zeit der Aufstände gewesen, so ist nun die Zeit der Vorfälle. Zuerst wird in Großbritannien ein Sportschuh nach dem chinesischen Premierminister Wēn Jiābǎo geworfen, wenige Tage später wird in Yùnnán ein Ende Januar verhafteter Mann in ein Krankenhaus eingeliefert, wo er an Kopfverletzungen stirbt, die er sich laut Polizei bei einem Versteckspiel mit einem Mitgefangenen zugezogen hatte. Vorfälle eben.

Johanna sitzt im Vorraum des Tempels, um sie herum die Parkas und Schuhe Fremder. Ihren eigenen Mantel hält sie in der Hand.

»Geh' doch in meinen Tempel«, hatte Julia beim gemeinsamen Frühstück gesagt, »das hilft mir immer. Da kehrt Ruhe in mich ein.« Bei dem Wort Ruhe umarmt sie sich selbst. Johanna hatte abgewunken.

»Versuch es doch einfach mal«, drängte Julia, »und wenn es dir nichts bringt – was hat der Versuch geschadet?« Danach zuckte sie mit den Schultern, um die Nichtigkeit des Vorganges zu unterstreichen, in den Tempel zu gehen und um ein Treffen mit der ehrwürdigen Meisterin zu bitten.

»Ach, ich weiß nicht«, hatte Johanna gemeint, »ich weiß wirklich nicht.«

»Ein bisschen Kontemplation«, lockte Julia.

Johanna verzog den Mund.

»Ein wenig innerer Frieden?«

»Hm.«

»Lass dich doch von deinem Leiden befreien«, hatte Julia noch gelacht.

Und jetzt ist Johanna da. Der Tempel ist in Wahrheit eine ziemlich normale Wohnung. Eine buddhistische Nonne mit kahl geschorenem Kopf kommt und bedeutet ihr, sie möge ihr folgen. Die Chán-Meisterin sitzt im Raum, der früher das Wohnzimmer gewesen sein musste, auf einem erhöhten Kissen und scheint zu meditieren. Die Nonne weist Johanna mit einer Handbewegung an, sich auf dem Boden niederzulassen, bevor sie die Tür hinter sich zuzieht. In der bleibenden Stille kann man Geräusche aus der angrenzenden Küche hören. Johanna fühlt die Kühle des Bodens unangenehm durch ihre Socken. An der Meisterin bewegt sich kein Haar, beziehungsweise Johanna findet an ihr gar nicht erst eines, das sich hätte bewegen können. So erstarren sie beide für eine Weile. Als die Meisterin einmal laut aufatmet, denkt Johanna, diese wäre eingeschlafen. Sie betrachtet den Wandteppich hinter der Meisterin, das Räuchergefäß, in dem einige glimmende Stäbchen stecken, den Kopf der Frau vor ihr, wieder den Wandteppich. Mit einem leichten Kribbeln im rechten Fuß drohen ihre Beine damit, dass nun jegliches Gefühl aus ihnen weichen wird. Sie streckt sich, so gut das im Knien geht, und setzt sich schlussendlich seitlich neben ihren Unterschenkeln auf den Boden.

Erst dann wendet ihr die Meisterin das Gesicht zu. Sie erscheint Johanna wach und überaus anwesend. Johanna räuspert sich, hat danach Schleim im Mund, schluckt und schämt sich, bevor sie spricht.

»Ehrwürdige Meisterin ... Wie kann man sich ... vom Leiden befreien?«

Ehrwürdige Meisterin, vom Leiden befreien, jetzt hat sie das tatsächlich gesagt, so ein Blödsinn, denkt sie noch, das hatte sie ganz anders formulieren wollen. In Wahrheit, ja in Wahrheit ... Sie hat einen Flashback zum Gespräch mit ihrem Masterarbeitsbetreuer: Ich glaube, hatte der gesagt, es geht Ihnen um etwas anderes. Wollen Sie denn das Ganze nicht neu konzipieren, hatte er gefragt.

Die Meisterin lächelt. »Vom Nichts kommt nichts.«

Johanna nickt. Ihr einziger Gedanke ist, dass das ja wohl nicht alles sein kann. Da fällt ihr auf, dass sie ihren Mund nicht wieder geschlossen hat.

»Und was bedeutet das?«, fragt sie dann.

»Nicht drücken, sondern ziehen«, sagt die Meisterin.

Danach schweigt sie und sieht Johanna unverwandt an.

Winterende ist die hässlichste Zeit im Jahr, stellt Johanna fest. Weihnachten ist schon lange vorbei, der Frühling noch nicht da, in den Ebenen hinterlässt das Schmelzwasser schmutzig braune Flächen und nackte Äste, auf den Häusern und den Menschen liegt ein grauer Schleier, den erst die Frühjahrsstürme wegblasen werden. Auf den Gehsteigen der Stadt sprießen die platt getretenen Batzen der im Winter ausgespuckten Kaugummis wie knautschige Gänseblümchen auf einer asphaltenen Wiese.

Ein diesiger Tag. Teile der Gebäude gestützt von Gerüsten, geschient wie gebrochene Gliedmaßen. Ein steter Wind treibt die Restkälte in und durch Schals, Handschuhe und unter Kapuzen. Aus der U-Bahnstation unter ihr kommt ein Geruchsgemisch aus Pizza, Kebab, Falafel, Donuts und Soja-Chai-Latte. Über die Straße spannen sich die letzten Weihnachtsbeleuchtungen, wahrscheinlich vergessen. Die Sitzbank, auf der im Sommer manchmal eine Harfenspielerin um Spenden bittet, ihr Instrument dabei ungewöhnlich schräg gegen sich gelehnt, ist unbesetzt. Hinter Johannas Rücken fahren die Autos den Ring entlang, Stop and go. An einer Säule des Schutzdaches über der Straßenbahnhaltestelle lehnt ein Mann in drei Schichten brauner Kleidung. Er spielt Ziehharmonika, er spielt sie sehr, sehr leise. Johanna geht näher an ihn heran, um zu hören, was er singt. Beim Klang der ersten Zeile schon hat sie das Lied erkannt, den Überraschungshit eines bis dahin eher unbedeutenden Musikers. Sie kann nicht weghören, es ist, als zwänge sich der Song in ihre Gehörgänge und nistete sich kichernd darin ein:

Europa is a sinkendes Schief
Und imma nu drängan de Rotzn aun Board
Ollas sauft o, ollas gehd unta,
Nua i steh aun da Rehling und woat.

Mit mein Schiffal untazugehn,
zua Melodi vom ollaletzdn Woiza,
is mei Pflichd a ois Kapitän …
mir is, ois schmeck i es Soiz scha.

Nua weu mi do kana vastehd,
und kana von Wean aus is Mea seng kau,

dengan de Gscheidn, i warad bled,
olle lochans, mir glaubd do ka Sau.

Oba waun ma daun olle am Grund lingan,
schau i ma de Fiesch von untn au,
hea den Choa a letztes Moi singan,
bis daun im Meer, mochs guad Oida, tschau.

Johanna hört dem offensichtlich Betrunkenen zu, der mit anderen Liedern fortfährt, und denkt an die Menschen, die in Booten gegen die Festung Europa angefahren waren und jetzt dort am Meeresgrund schon auf den selbst ernannten Kapitän warten. Ein paar Tauben formieren sich auf dem Asphalt zu Mustern, umkreisen einander nickend, ein dynamisches Mandala, ein Uhrwerk, das unsichtbare Zeiger im Takt der Musik vorwärtsrückt.

»Weis-heit oh-ne Mit-ge-fühl ist nur Be-rech-nung«, spricht Johanna vor sich hin, im Rhythmus der kopfwackelnden Tauben. Das hatte Glantz einmal gesagt, als sie ihm einen Artikel in einer Zeitung zeigte, und meinte, das sei ein weiser Mann, der das geschrieben habe. Glantz überflog die Zeilen und schüttelte am Ende den Kopf. Die Tauben haben den Kreis geschlossen: eins, zwei, drei, vier, fünf, sechs, sieben, acht, neun, zehn, elf, zwölf.

Neben Johanna steht ein junger Vater mit seinem vielleicht drei Jahre alten Kind auf dem Arm. Das Mädchen zeigt mit dem ausgestreckten Fingerchen auf ein buntes Plakat, das in Augenhöhe an der Wand hängt, es sind Spielfiguren darauf zu sehen, die in bayrische und österreichische Flaggen gewandet sind. Das Kind wiederholt mit freudiger Bestimmtheit, als verkündete es eine universelle Wahrheit und zöge daraus die größte Befriedigung: »Rot ist Mädchen, Blau ist Bub. Rot ist Mädchen, Blau ist Bub. Rot ist Mädchen, Blau ist Bub.« Der Mann, der das Kind hält, sagt etwas, Johanna hört eine Frage, kann sie aber nicht verstehen, während das Kind sich weigert, von seinem Standpunkt abzurücken, und ein weiteres Mal klarstellt: »Rot ist Mädchen, Blau ist Bub.«

Johanna betrachtet das Kind, und während im Hintergrund die Ziehharmonika greint, der zugehörige Gesang sich bereits in Alkohol oder Selbstmitleid aufgelöst hat, denkt sie daran, wie sie den Vorabend mit Lili verbracht hatte, weil Julia einen Premierenauftritt absolvieren musste.

»Das Stück ist eine Neufassung, es heißt *Der gute Mensch von Simmering*«, hatte Julia gesagt, als sie schon die Jacke anzog.

»Wo gebt ihr es?«

»In einem kleinen Theater in Neubau.«

»Warum heißt es dann nicht *Der gute Mensch von Wien – Neubau?*«

»Weiß nicht, das Stück spielt eben in Simmering, die Bühne steht in Neubau. Man ändert ja nicht den Titel des Stückes, wenn man es an einem anderen Ort spielt.«

»Ich versteh' schon.«

Julia griff zur Bürste und machte sich vor dem Spiegel zurecht, dabei begann sie eine Melodie zu summen und dann auch den Text zu singen:

... und niemand weiß, was er mit diesen Zeilen sagen will:
»Weil Österreich ist kein Schiraffenland für diese Fremden
Weil nur wer nicht bleibt, ist unser Gast
Mir sind im Recht, weil wir nicht rechter können
Und du bist doof, weil du es nicht verstanden hast ...«, und
»Gutmensch, Gutmensch!«, brüllt er, schon ganz heiser
»Gutmenschentum«, so flüstert er, »ist schuld.«
»Gutmensch, Gutmensch!«, und jedes Mal klingt leiser ...

Zuerst hörte Johanna nicht genauer zu, aber die Melodie kam ihr bekannt vor, so bekannt, dass sie mitsummen könnte, nur der Text war ihr neu. Dann fiel ihr ein, dass es ihre Mutter gewesen sein musste, die diese Melodie gesummt hatte, fast tagtäglich diese Tonfolge, ohne jemals ein Wort von den dazugehörigen Strophen zu singen. Die letzte Zeile wiederholte Julia zwei Mal, langsamer werdend und schließlich verstummend, endlich durch die Tür, ihrem privaten Bühnenausgang, verschwindend.

Julias Tochter krabbelte auf dem Boden, ihr Ballerinaröckchen verrutscht und voller Flusen wie ein Staubtuch, sie spielte mit zwei kleinen Autos Unfall. Wieder und wieder mussten die Wagen auf einer kurvigen Straße aufeinander zurasen, um unausweichlich frontal zu kollidieren, was mit einem feucht gezischten *Wusch*-Geräusch begleitet wurde. Danach wirbelten die Autos in Zeitlupe durch die Luft, fest geführt von Kindeshand, und kamen erst nach einigen Überschlägen zum Liegen. Während sie Julias Tochter so zusah, kam Johanna der Gedanke, wie schön es wäre, wenn es ein Kinderbuch gäbe mit dem Titel *Glantz & Gloria* – darin ginge es um einen alten Mann in einem fadenscheinigen Anzug, in dem sich der Wind fing, und der Mann war ein Großvater für alle Kinder, die keine Großväter hatten, und ein Vater für so manche junge Frau. Er tauchte an Haltestellen auf, wann immer er gebraucht wurde, und konnte dort einfach abgeholt werden; er hatte ein kleines Hündchen dabei, das den Kindern nachts im Bett mit rosa Zunge die Zehen ableckte, bis sie nicht mehr konnten vor Lachen.

Die Straßenbahn kommt endlich, Johanna steigt ein, hinter ihr der Mann mit dem Mädchen auf dem Arm. Sie lässt die beiden an sich vorbeigehen, damit sie einen Sitzplatz bekommen.

Eine Station vor ihrer Wohnung steigt sie aus, kurz entschlossen, honigsehnsüchtig, und geht auf die türkische Bäckerei zu. Vor dem Eingang senkt sie den Blick, um nicht über die Schwelle zu stolpern, und läuft mit dem Kopf gegen die Glastür. Von drinnen ruft der Verkäufer: »Nicht drücken, sondern ziehen!«

Sie muss sich daran gewöhnen, vom Elternhaus nicht mehr als »zu Hause« zu sprechen. Stützt Johanna ihren Kopf in die Hand, kann sie eine Beule fühlen. Sie sticht mit der Gabel in den Fadenkuchen und zerteilt das fein gesponnene Gebäck. Es ist schon spät, sie sollte keinen Kuchen mehr essen, erst recht nicht das zweite Stück. Johanna stellt sich fremde Menschen im ihr so vertrauten Wohnzimmer vor, anderer Leute Haustiere, und reißt einen weiteren Teil aus dem Kuchen. Manfred schläft mit der Nase an ihr Bein gepresst. Johanna liegt seitlich im Bett, bearbeitet ungeschickt mit der Gabel in der linken

Hand den Kuchen und stützt mit der rechten ihren Kopf. Den leeren Teller stellt sie auf dem Nachttischchen ab.

Die Enge ihrer Räume fühlt sich angenehm an. Sie zieht die Decke hoch bis an ihr Kinn und saugt an der Süße in ihren Zahnzwischenräumen. So liegt sie eine Weile, bis die Gedanken halb zu Traumbildern werden.

Irgendwann glaubt sie, ihr Handy im Vorraum klingeln zu hören, denkt, sie hat es wohl in der Manteltasche vergessen. Vorsichtig rollt sie aus dem Bett, um sich im Dunkeln nicht den Kopf zu stoßen, zieht sich ihren Bademantel über und tappt mit nackten Füßen die Holzstufen hinab, in die kalte Küche und zur kleinen Garderobe neben der Tür. Dort streicht sie mit der Hand über ihren Mantel, bis sie spürt, was sie sucht. Sie zieht das Handy aus der Tasche, drückt einen Knopf an dessen Seite und sieht auf das Display. Nichts. Kein Anruf, keine SMS. Die Hintergrundbeleuchtung erlischt, und Johanna steht wieder in der Dunkelheit, lässt jedoch die Hand nicht sinken. Manfred ist im Bett liegen geblieben.

Nach kurzer Überlegung zieht sie eine Jacke an, greift in die Schale auf der Mikrowelle, nimmt die Schlüssel heraus und verlässt ihre Wohnung. Aus der Go-go-Bar ist kein Laut zu hören. Eine einzelne Frau steht an der Straßenbahnhaltestelle und sieht sich ängstlich um. Mit einer Kopfbewegung in ihre Richtung will Johanna sie beruhigen, niemand sonst ist zu sehen. Sie geht auf die andere Seite, in Trippelschritten, weil sie auf einmal den Streusplitt unter ihren Fußsohlen fühlt. Sie ist ohne Schuhe hinausgegangen.

Der eine Schlüssel öffnet die Tür am Wohnhaus gegenüber, der andere die Tür im zweiten Stock ganz hinten, am Ende des Ganges. Diesmal klopft Johanna an, bevor sie eintritt. Ein Mal, zwei Mal, drei Mal. Niemand und nichts antwortet. Ihre rechte Hand sucht den Lichtschalter. Mit einem lautlosen Schritt ist Johanna im Vorraum, wo Gloria vor ihr auftaucht.

»Ja, wo ist denn das Herrchen, Gloria?«, flüstert sie dem Hund zu, der nicht mit dem Schwanz wedelt.

Und lauter, in die Wohnung hinein: »Herr Glantz?«

Sie räuspert sich und fragte noch einmal, in normaler Lautstärke: »Herr Glantz?«

Glantz antwortet nicht. Glantz liegt auf dem Kanapee in der Küche, hat die eine Hand um den Zipfel einer Decke geschlungen, seine rechte Fußspitze am Boden abgestellt, wie um eine betrunkene Welt zu stützen, und atmet nicht mehr. Für einen Moment kommt Johanna der Gedanke an den Teppich aus dem Wohnzimmer ihres Elternhauses. Gleich darauf sieht sie auf Gloria hinab. Das Hündchen scheint seltsam unberührt von der Tatsache, dass es nun ein Waisenhund ist. Soll man sie hochnehmen? Wie sie es mit Manfred getan hat? Johanna geht in die Knie und versucht Gloria hinter dem Ohr zu kraulen. Gloria mag nicht.

»Oh«, macht Johanna und steht wieder auf: »Oh.« Die Zurückweisung des Hundes lässt bei ihr die Tränen fließen. Sie wischt sich die Nase. Sieht wieder auf Glantz, der gar zu friedlich schläft. Nachdem sie ihn kurz betrachtet hat, dreht sie sich zu den Küchenschränken um und öffnet den ersten. Marmelade, Honig. Sie öffnet den zweiten: Zucker, Salz. Sie öffnet den dritten: Essig und Öl. Das Öl nimmt sie heraus und geht zum Kopfende des Kanapees, greift nach einem Stofftaschentuch, das über der Rückenlehne hängt, es ist mit einem Monogramm bestickt: E. G. Johanna öffnet die Flasche, drückt das Taschentuch gegen den Flaschenhals, kippt die Flasche und wartet, bis sich ein Zipfel des Stoffes mit Öl vollgesogen hat. Damit zeichnet sie Glantz ein Kreuzzeichen auf die Stirn. Sie weiß nicht, ob er religiös war, und wenn ja, welcher Konfession er angehört hat, und im Grunde ist es egal, denkt sie, solange nur jemand da ist, der einem die Hand reicht, wenn man nach drüben geht. Die ölige Stelle schimmert, der Rest der Haut wird bereits wächsern.

Dann sieht Johanna sich suchend um, findet das Telefon, stellt das Rapsöl ab und wählt den Notruf. Während sie dem Freizeichen lauscht, entdeckt sie neben dem Apparat einen beschriebenen Bogen Briefpapier:

Liebe Johanna!

Ich habe im Traum Deinen Ernst gesehen. Wir waren in Tibet, im Morgengrauen. Dort standen wir auf einer der vielen Höhen und sahen eine seltsame Prozession des Weges kommen: drei Einsame, von denen die beiden hinteren einen an Händen und Füßen zusammengebundenen Leichnam trugen. Ein Mönch wartete bereits auf dem nächsten Hügel auf sie.

Weißt Du, was ein Himmelsbegräbnis ist? In Tibet bestatten einen der Schneegeier, der Schwarzmilan, die Alpenkrähe. Auf dieser Höhe, im Land der Felsen, kann dir niemand ein Grab schaufeln. Brennstoff ist knapp, also kann man die Toten auch nicht in Rauch aufgehen lassen. Verbirgt man sie unter Geröll, mumifiziert sie das trockene Klima. Der Körper hat es schwer mit dem Verschwinden. Die Tibeterinnen und Tibeter sind ein pragmatisches Volk. Stirbst du, sagen sie dir, dass nun dein Atem innehält, die Wärme aus deiner Haut weicht, dass auch alle vor dir schon gestorben sind und du nicht bleiben kannst. Dass du alles zurücklassen sollst, was du weißt, was du liebst, dass du das Leiden vergessen sollst – dass das der Tod ist. Dein Körper bleibt drei Tage lang unberührt. Danach binden sie dich mit weißen Tüchern zu einem Bündel, darin liegst du zusammengerollt, als wärst du wieder ein Fötus, so tragen sie dich unter Gebeten auf einen Gipfel, wo ein flacher Stein den Vögeln als Gabentisch dient. Zum Klang einer einzelnen Glocke schneiden dir professionelle Körperbrecher das Fleisch von den Knochen, zerteilen deine nutzlose weltliche Hülle in schnabelgerechte Happen, Almosen für die Aasfresser. Dein nacktes Skelett, auch den Schädel, zerschlagen sie mit Felsbrocken, zermahlen deine Knochen zu Mehl. Nichts von dir darf bleiben, alles wird zurückgegeben, auf ein Wiedersehen im nächsten Leben ...

Johanna lässt den Hörer sinken. Jemand ruft »Hallo, ist da überhaupt irgendjemand!?« am anderen Ende der Leitung.

9

»Selbst wenn wir die Sonne nicht sehen können, orientieren sich die Bienen an ihr.« Johannes deutete auf den Himmel, der an jenem Tag grau verhangen gewesen war. »Sie sehen das polarisierte Licht.«

Ernst schwieg, denn diesem Gespräch war ein Streit mit seiner Mutter über die Schule vorangegangen, die Lehrerin hatte sich beschwert, dass er lieber unter der Bank in seinen Abenteuergeschichten lese, anstatt ihr zuzuhören.

»Nun, manche Leute denken, auch die Wikinger konnten dieses Licht sehen – mit der Hilfe von Kristallen.«

»Hm«, machte Ernst, der nicht weghören konnte, wenn es um solche Dinge ging.

»Ich habe hier etwas für dich, mach die Augen zu und halt deine Hand auf.«

Johannes legte Ernst etwas auf die Handfläche.

»Das ist ein Sonnenstein. Damit kannst du immer den Weg nach Hause finden.«

Alles nur Attrappen

Keine Nachricht von Ernst. Die chinesischen Behörden halten sich bedeckt. Ja, er sei in Chéngdū gewesen, man habe ihn eindeutig registriert. Doch eines Tages habe er aus dem Hotel aus- und in kein neues eingecheckt. Eine Einreise in das autonome Gebiet Tibet sei nicht bestätigt worden, nein. Die österreichische Botschaft ist ratlos. Man gehe nicht von einem Verbrechen aus. Ernsts Kreditkarte sei nicht verwendet worden, allerdings habe er auch genügend Bargeld mit sich geführt. Sein Telefon sei abgeschaltet. Man lege Ernsts Eltern nahe, die Möglichkeit in Betracht zu ziehen, dass er nicht gefunden werden wolle. Das gäbe es. Aussteiger. Leute, die von einem Tag auf den anderen absichtlich verschwinden. Vielleicht sei er in Dàlǐ, in der Provinz Yúnnán, eine beliebte Stadt für Slacker und vergleichsweise nahe an seinem vorherigen Aufenthaltsort. Man verspreche Wachsamkeit.

Allen Sorgen um Ernst zum Trotz kann Johanna seit gestern nur noch an eines denken, und diese Sache beschwingt sie, eine unsichtbare Hand lenkt sie durch den Tag. In ihrem Kopf ist nichts als randlose Helligkeit. Es kann nicht schnell genug gehen, und dennoch möchte sie sich auf die Fahrbahn konzentrieren, so vorsichtig und langsam wie möglich fahren, aus Angst, am großen Finale vorbeizuschießen. Alles hatte vor zwei Wochen begonnen: »Ich, Waldemar Glantz, im Vollbesitz meiner geistigen, aber nicht meiner körperlichen Kräfte, verfüge hiermit ...«, hatte der Notar vorgetragen, und Johanna, die ihm in einem lederbezogenen und mit rundköpfigen

Nägeln beschlagenen Stuhl mit Armlehne gegenübersaß, der ihren Rücken seltsam krümmte, kam das alles weit weg und wirklich unwirklich vor, was nicht nur an den Ausmaßen des wuchtigen Schreibtisches zwischen ihr und dem Notar lag. Glantz hatte sie, Johanna, zu seiner Alleinerbin eingesetzt, da er keine lebenden Verwandten mehr hatte. Seine einzige Bedingung war, dass Johanna sich um Gloria kümmerte, die nun, an Johannas Stelle aufgeregt, auf ihrem Schoß saß. Natürlich, dachte sich Johanna, was denn auch sonst. Die Worte des Testamentes zogen an Johanna vorbei, Zahlen in sechsstelliger Höhe, und sie fühlte eine innere Ruhe, größer als im Tempel. Sie hatte den durchscheinenden Stoff von Glantz' Anzug vor Augen und alle anderen Anzüge, die er sich sein Leben lang nicht gekauft hatte. Das also war vor vierzehn Tagen gewesen. Und dann kam Gestern.

Der Rand der Felder, auf denen bald Rüben wachsen werden, ist ein Tummelplatz für Große Kohlweißlinge, die Straße teilt sie in zwei Kolonien, zwischen denen reger Austausch herrscht. Sie taumeln in geringer Höhe über dem Asphalt. Ein Schmetterling landet mit einem kaum wahrnehmbar feinen »Tick« auf der Windschutzscheibe. Da erst bemerkt Johanna, dass es mehr werden, die, geflügelten Stecknadelköpfchen gleich, gegen das Auto rauschen. Es muss ein Schwarm sein, ein riesiger Schwarm Kohlweißlinge, der anstelle von Heuschrecken über die Felder herfällt. Johannas Sicht ist behindert, ein Rascheln ist in der Luft wie von besonders leichtem Laub, das jemand übermütig in die Höhe geworfen hat.

Die Schmetterlinge sind plötzlich wie schwerelos, der

Fahrtwind hat sich ihrer angenommen. Johannas Auto bewegt sich durch eine Woge aus Schmetterlingskörpern. Sie schaltet den Scheibenwischer ein. Sie erwartet, die fragilen Körperchen zerdrückt zu sehen, doch die kleinen Dinger scheinen wie unberührbar, zu leicht, um sie zu greifen, sie rieseln vor den Wischerblättern, stieben unbeschadet an den Reifen des Autos zur Seite.

Es ist ein durchschnittlicher Sonntag Ende April, aber der Himmel möchte lieber ein Junihimmel sein, es sieht aus, als würde die Landschaft sanft von innen heraus glühen, wohltemperiert. In diesem Jahr wirken die Vögel besonders müde, vielleicht sind ihnen die Flügel noch schwer vom Tau, sie steigen gar so langsam in die Luft, wenn sich der Kleinbus nähert. Arrogante Tauben sitzen auf der Fahrbahn, Johanna würde am liebsten das Fenster hinunterkurbeln und fröhlich *Gschu, gschu!* brüllen. Manfred und Gloria blinzeln in die Sonne.

Johanna hört, wie Julia auf der Rückbank singt, und sie muss gar nicht in den Rückspiegel schauen, sie kann sich vorstellen, wie Julia die Kleine an sich zieht, den Mund auf den Scheitel des Kindes drückt und Mutterliebe dagegenhaucht: »Die Luft ist blau, das Tal ist grün ...« Dann sieht Julia nach vorne, ohne Regung im lockig umrahmten Gesicht, die Finger ihrer rechten Hand spielen mit dem Ringelpullover des Kindes, Lili hängt die Unterlippe weich nach unten, das Ebenbild eines traurigen Pferdes. Die Schubertmelodie kommt in einzelnen Tönen bei Johanna an.

Johanna ist dem Kind dankbar, so unglaublich dankbar dafür, dass es sich am Vortag endlich entschieden hatte, für ein eigenes Zimmer bereit zu sein, sodass Johanna und Julia gemeinsam Stefans ehemaliges Zimmer wieder in ein Kinderzimmer verwandeln konnten, wobei Johannas Blick auf den Bücherstapel neben dem Schrank gefallen war und sie an den Nähkorb denken musste, der dort vor den Büchern gestanden hatte. Und während Julia das Bett mit irgendeiner Disneybettwäsche bezogen hatte, hatte Johanna auf dem Boden gesessen und die Bücher hin und her gewendet, weil sie es auffällig fand, dass bei keinem von ihnen ein Titel auf dem Einband zu finden war. Als sie dann das erste aufgeschlagen vor sich auf den Fußboden legte, ging für einen Moment alles Gefühl aus den Fingern verloren, denn sie sah die Handschrift ihrer Mutter – feine, säuberliche Wörterperlenketten, und dann wieder große, kühne Anfangsbuchstaben dazwischen, einzeln hervorstechend, als wäre jeder Satz ein Bettelarmband. Schnell und immer schneller blätterte Johanna die Seiten durch, ein Buch nach dem anderen, verglich die Daten, schweigend, ohne zu merken, dass Julia bereits abschließend das Kopfkissen bauschte. Und als sie dann endlich ein passendes Datum fand, überflog sie die Einträge auf der Suche nach einem Namen, und als sie diesen endlich entdeckte, war ihr, als schwoll ihre Zunge mit einem Mal im Mund an, füllte ihn aus, zu unbeweglich, um auch nur ein »Ha!« auszustoßen. Sie presste das Papier an sich, ihr eigenes Brustbein jedem Atemzug im Weg. Dann kam von irgendwoher Gloria und drückte sich an Johannas Oberschenkel, und Julia drehte sich um, sah Johanna an und stellte erstaunt fest: »Deine Nase ist weiß.«

Nun hört Johanna von Julia, dass kommen soll, wem

der Mai gefällt, und von Gottes Vatergüte. Aber noch ist April und nicht Mai, und wäre schon Mai, dann wäre die Straße um einige trunkene Markierungen reicher, um die Striche aus Kalk, Öl und Wasser, und Julia und Johanna würden sich beim Vesakhfest an der Friedensstupa treffen, Johanna würde die Kleine in die Luft werfen und wieder auffangen, wie im Jahr davor, Lili würde kreischen, wie im Jahr davor, sie würden alle drei ihr Essen mit den bloßen Fingern in den Mund schieben, wie im Jahr davor, nur Ernst würde nicht dabei sein, und überhaupt wäre alles grundsätzlich anders.

Ein Regenschauer kommt und ist so plötzlich vorüber, wie er angefangen hat, auf der Straße eine sichtbare, gerade Grenze zwischen Nass und Trocken, der Himmel wieder erblaut.

In Gedanken intoniert Johanna: *Gate gate pāragate pārasamgate*, formt die Wörter, ein Mal und noch ein Mal, *gategatepāragatepārasamgate*, bis es nur noch Buchstaben sind, *gategatepāragatepārasamgate*. Ihre rechte Hand, die auf dieser Strecke am Schaltknüppel nicht viel zu tun hat, findet dabei den Weg in ihre Hosentasche und schließt sich um ein kleines Stück Papier, einen Glückskeksspruch, sie glaubt nicht an Glückskekssprüche. *Gate gate pāragate pārasamgate*, bis sich ihr Brustkorb gänzlich leer anfühlt. Julias Gesang ist der Text abhandengekommen, hat sich aufgelöst in einzelne Laute, in Johannas Kopf überlagert sich die Melodie mit den von ihr gedachten Worten, bis sie die Zeile nur mehr in Julias Tonlage, ihrem Rhythmus denken kann – *bodhi svāhā*, auf Schubert. Sie öffnet die

Fenster einen Spalt breit und freut sich, als der Petrichor den Altgeruch der Lüftung überdeckt.

Dass sie den Mann, der ihr immer ein Vater gewesen ist, wieder nach Hause holen wird, wärmt ihr die Hände, die sonst fortwährend kalt sind. Johanna wird Julia ein Gehalt dafür zahlen, dass sie sich um den Vater kümmert; der wiederum wird sich über ein kleines Kind im Haus freuen, Lili wird mit Gloria spielen, also wird auch Gloria versorgt sein, das Haus bewohnt, Julia eine Bleibe haben. Jeden Tag in den letzten zwei Wochen hat Johanna beim Aufwachen in ihrem Kopf ein Danke vorgefunden, ein fertiges, nur auf seine Aussprache wartendes. Und sie hat es jedes Mal gesagt, in die neu gewonnene Seligkeit der nun dank Glantz in ihrem Besitz befindlichen Räume hinein.

Der noch immer gleißende Morgen, der nicht verortete Regen, ihre wie ausgehöhlte Brust – Johanna wartet darauf, dass die Bäume vom nächsten Windstoß niedergedrückt werden und mit einem Mal endlich sichtbar wäre, dass es nur Attrappen sind, dass sie alle gemeinsam auf einem Bildschirm so tun als ob, ohne vom Fleck zu kommen.

夜长梦多

Yè cháng mèng duō[9]

»Shíjiān dào le«, sage ich zu mir selbst. Es ist Zeit, dass es Zeit wird. Nach Hause zu fahren, vielleicht. Die Augen zu öffnen, zuerst. In die Sonne zu blinzeln. Ihr eine Hand entgegenzustrecken. Es kann sein, ich sitze schon im Flugzeug. Oder immer noch in einer Hängematte in Dàlǐ. Auf einem durchgewetzten Sofa in einer fremden Wohnung. Auf einer speckigen Holzbank in einer Bar. Oder noch immer neben meiner leiblichen Mutter im Zimmer meines Halbbruders, im bunt hereinfallenden Nachmittagslicht. Wer weiß das schon. Im Hintergrund weint eine Schlange.

Es ist so: Ich habe mein Handy ausgeschaltet. Mich irgendwohin gesetzt und die Augen geschlossen und darauf gewartet, dass es Zeit wird. Dass sich mir Bedeutung erschließt.

Meine Finger erspüren etwas. Ich habe keine Vorstellung davon.

Ich kann verstehen, warum manche Leute Drogen nehmen, um diesen Zustand zu erreichen, kann verstehen, warum jemand jahrelang meditiert, um zu fühlen, was ich fühle, nämlich nichts und alles. Ich bin da und nicht. Ich löse mich auf und sammle mich ein. Hallo Welt. Auf Wiedersehen.

9 »Je länger man wartet, umso unsicherer das Ergebnis.« (In einer langen Nacht kann man viele Träume haben.)

»Shíjiān dào le«, sagt jemand anders zu mir. Wer, das weiß ich nicht. Eine fremde Stimme, die ich kenne. Ein guter Geist, ein warnender Dämon.

Wenn mich jemand beobachtet, muss ich doch hier sein. Wenn jemand zu mir spricht, muss man mich doch greifen können.

Das ist nur der Halbschlaf, sage ich mir, das Grenzland der Träume. Gleich bist du da, gleich bist du ganz da. Auf einem Rattansessel in einem Teehaus, das von allen Seiten von Bergen umgeben ist. In der Abflughalle eines Flughafens. In der Luft.

Bald komme ich nach Hause, möchte ich ihnen sagen, auf allen Wegen gleichzeitig. *Ihr habt mir gefehlt, aber,* das kann ich guten Gewissens erklären, sollte sich die Gelegenheit ergeben, und es wäre nicht gelogen. Den Rest des Satzes und alle folgenden habe ich in den letzten Wochen vergessen.

Könnte das nur der heiße Wind sein, der über die Taklamakan-Wüste geht, der meine Lippen austrocknet. Das, was mir die Augenwinkel verklebt, der zugehörige Sand. Ach, der Schlaf. Da habe ich alles abgestellt, und trotzdem raunt mir etwas in mein Ohr. Ein Flüstern, das sich als Pulsieren meines eigenen Blutes tarnt. Ich kann nichts verstehen.

Wieder hinüberdriften. Sich nicht festlegen wollen.

Später dann das Pathos, das würde ich gerne jemandem mitteilen. Jetzt treiben wir. Fürs Erste. Breite die Arme aus, der Auftrieb ist stark genug, das möchte ich schreien. Noch kann mich niemand hören.

Komme ich heim? Bin ich auf dem Weg? Nein und nein.

Ich werde nie wieder dort sitzen, das scheint mir als Einziges gewiss, obwohl niemand es ausgesprochen hat, nie wieder in diesem Zimmerchen, das in meiner Erinnerung immer kleiner und dunkler wird, kleiner und dunkler, kleiner und dunkler, bis es meine leibliche Mutter verschluckt und implodiert, schwarzes Loch, Ereignishorizont, ich werde also für immer dort sitzen, in diesem Zimmerchen, das in meiner Erinnerung kleiner und dunkler wird, kleiner und dunkler, kleiner und dunkler ...

Mag sein, es greift jemand nach mir. Streckt mir eine helfende Hand entgegen. Oder will da nur jemand endlich die Bezahlung für den Kaffee, Schichtwechsel. Wer weiß das schon.

Und bald bin ich bereit dafür, dass es Zeit wird, zumindest sage ich mir das wieder und wieder: Ich bin bereit, bereit. Und ich höre Stimmen, die wiederholen, was ich zu mir selbst sage: bereit, bereit, und die Stimmen gehören Sibylle, Johannes und Johanna, und ich sehe sie da stehen, Johanna in der Mitte, als gehörte sie zur Familie, ganz selbstverständlich. In meiner Hosentasche schmiegt sich der Stein in meine Hand. Ich schließe die Finger fest darum. Er verschwindet nicht, löst sich nicht auf. Ich öffne die Augen. Aus Westen grüßt mich ein letzter, schwacher Schein.

Und manchmal, wenn du glaubst, du hast dich verändert, ist das nichts als eine Täuschung: In Wahrheit warst du die ganze Zeit über bereits so, du hast es nur noch nicht gewusst, denkt Johanna und fasst sich ins Gesicht, streicht ihre Augenbrauen glatt. Sieht auf die abgekauten Fingernägel an ihrer anderen Hand, die locker das Lenkrad umfasst.

Kurz darauf halten sie auf einem lang gezogenen Parkplatz an der Donau. Julia geht mit dem Kind, das Pipi muss, obwohl es eben noch im Haus auf der Toilette war, in die Radfahrerraststätte. Johanna sieht durch eine Lücke im Gebüsch auf das Wasser hinab. Grau. Sie hat die Donau noch nie in Blau gesehen. Sie sieht also auf diesen Strom hinunter, in dem sich die Huchen verstecken und auf dem winters die kleinen Schleppschiffe Eisbrecher spielen. An flachen Ufern weiter stromaufwärts hat sie sich früher gemeinsam mit Ernst an den Hundstagen von den Wellen der vorbeifahrenden Boote in eine Nachmittagsmüdigkeit wiegen lassen. Heute würde sie keine Zehe mehr in das Wasser dort stecken. Sie wird Ernst nach Hause holen, sie ist sich da ganz sicher, es gibt eine Zauberformel dafür, kein Zweifel, oder ein Geheimzeichen, das sie ihm nur irgendwie zukommen lassen muss, damit er sich an der Sonne ausrichtet und ihr nach Hause folgt. Johanna fragt sich, ob der Äther nicht bereits mit Neuigkeiten klingt, das Zeichen nicht schon längst unbewusst gegeben wurde, Ernst bereits auf dem Weg ist, zu Abspannmusik in einem Flieger sitzt und eine Kamera in Großaufnahme ein bisher ungekanntes Lächeln auf seinem Gesicht einfängt.

Julia und Lili stehen auf einmal wieder neben ihr, Johanna weiß nicht, wie lange sie in den Fluss gesehen hat wie in eine besonders dreckige Kristallkugel. Sie wird Ernst schreiben, dass sie nun weiß, wer ihr Vater ist, und er wird nicht anders können. Ja. Lili hat nun ein Eis mit Fruchtüberzug in der Hand, das erste Eis am Stiel des Jahres.

Es gibt Möglichkeiten.

Hätte man Johanna vor etwas mehr als zwei Wochen danach gefragt, was sie nun zu tun gedenke, hätte sie vielleicht gesagt: Julia bitten, ihr dabei zu helfen, jeden noch immer unausgepackten Umzugskarton einzeln im Wasser zu versenken, die wenigen vorhandenen Teile ihrer Abschlussarbeit in flatternden Einzelseiten hinterher. Der Mutter schreiben, dass man die unfertige Arbeit Seite für Seite als Papierschiffchen die Donau hinuntergeschickt hat.

Oder: Julia und Lili zum nächsten Bahnhof bringen, hierher zurückkommen und das Auto ins Wasser rollen lassen, mit geöffneten Fenstern, damit es schneller sinkt, dabei vom Ufer aus zusehen, Gloria und Manfred auf dem Arm, vielleicht auch winken.

Und dann: einfach mit den beiden Hunden an der Leine in irgendeine Richtung davongehen und die neuerdings langen Haare um sich herumflattern lassen, warten, dass der Wind sich dreht.

Es ist nicht zu spät. Das Eis rinnt dem Kind über die Finger, über den Handrücken, das Handgelenk, ein paar dicke Tropfen fallen zu Boden. Johanna wird den Wagen nicht im Wasser versenken. Sie wird einige Seiten der Abschlussarbeit in Richtung Fluss werfen, doch der Wind wird gegen sie arbeiten und die Äste der Sträucher werden das Papier für sie fangen. Sie wird den Mann, der ihr immer ein Vater gewesen ist, heute noch aus seiner WG abholen, wie sie es ihm zu seiner Freude schon angekündigt hat, und er wird wieder zu Hause wohnen. Einträchtig lauschen sie dem Platschen der niedrigen Wellen gegen das Ufer.

Sie spürt, wie die Brise ihr T-Shirt hebt, wie da ein Luftzug einen Kurs setzen möchte, in Richtung Osten.

Johanna sieht kommen, was kommen muss, aber sie streckt die Hand nicht aus, um es zu verhindern. Die Frühjahrssonne konzentriert sich auf das wahrscheinlich einzige Eis weit und breit, Lili kämpft, sie verliert, das Eis beginnt, am Stiel hinabzugleiten.

Bald irgendwann wird Johanna ihre Mutter anrufen, dort in Peru, und einfach in das Telefon schreien: »Sag mal, wie blöd muss man sein, denkst du, das fällt niemandem auf?« Und: »Kein Wunder, dass der Papa!«, den Rest des Satzes verschluckend. Wirklich kein Wunder, wird sie denken, muss einen ja verrückt machen, da würde sie auch versuchen, das zu vergessen, alles zu verdrängen, jedes einzelne Stück, nur um zu gut darin zu werden und zu merken, dass auf einmal nichts mehr übrig ist, man bereits zu viel vergessen hat, sogar, wie man wieder aufhört mit dem Vergessen an sich. Die Mutter aber wird ganz ruhig bleiben, sie wird den Laptop mit beiden Händen fassen und Johanna gerade ansehen und sagen: »Wir sind nicht die einzigen Menschen auf der Welt! Hast du schon einmal an Sibylle gedacht? Und daran, was sich Herbert gegenüber gehört?« Da würde sich Johanna fragen, wer dieser Herbert nun war, von dem ihre Mutter gerade sprach, und gleich darauf würde ihr einfallen, dass der Mann, der ihr ein Leben lang ein Vater gewesen ist, ja ein Herbert ist.

Es macht *Flap*, als das Eis dem Boden begegnet, in einem feuchten Vanillekuss. Lili hat den klebrigen Stiel in der Hand, sie verzieht den Mund und nichts passiert. Sie geht in die Knie und sticht mit dem Stäbchen in den Eisbatzen, stochert und schmiert, und dabei entwickelt sie eine Freude, die Johanna spüren kann, eine Freude, die sie nur zu gerne teilt.

Eine Biene lässt sich am Rand der geschmolzenen Masse nieder und labt sich am Zucker.

Johanna und Johannes.

Bevor sie die Mutter anruft, wird sie zum Haus der Eltern von Ernst fahren, wo Johannes gerade den Flug seiner Völker beobachtet. Sie wird ihm, der ganz in seine Tätigkeit versunken ist, auf die Schulter tippen. Er wird sich umdrehen, sie ansehen, und er wird wissen, dass sie weiß. Er wird sie nicht sofort umarmen, aus Furcht, dass Bienen zwischen sie geraten könnten. Sie wird lächeln, wie sie schon die ganze Zeit über lächelt und er auch, mit den Augen mehr als mit dem Mund, weil er mit diesem lautlos eine Entschuldigung formt, dafür, dass es diesen Moment nicht schon früher gegeben hat. Sie wird sich einbilden, er rieche nach warmen Blüten. Das Summen aus den Stöcken wird in ihren Ohren unglaublich zufrieden klingen. Sie werden hineingehen, und im Wintergarten werden wie im Märchen, Tischlein deck dich, Kaffee und Kuchen für sie erscheinen. Den dritten Platz wird die Stoffkuh einnehmen, die schwarzen Flecken im Fell etwas ausgebleicht von den Jahren. Sibylle Hoffmann wird in der Küche stehen und sich für ihren Mann freuen und nicht merken, dass sie die Lippen etwas zu fest zusammenpresst. Johanna und Johannes werden sich gegenübersitzen, als wäre es nie anders gewesen, während ihm die Abendsonne durch die viel zu schnell wachsenden Topfpflanzen einen Heiligenschein aufstrahlt.

In wenigen Wochen wird Johanna ihre Mutter in Peru besuchen und gleich darauf ihren Bruder in Kanada. Mit ihrer Mutter wird sie einem Waisenkind das Haar bürsten, mit ihrem Bruder wird sie einen Baum pflanzen. Wenn sie wieder nach Hause kommt, wird Julia einen Pfirsichkuchen backen. Lili wird gewachsen sein. Herbert, der ihr immer noch ein Vater ist, wird sich selbst nicht weiter verloren haben, sondern zwischen Ebbe und Flut am Strand seiner Erinnerung entlangspazieren. Johannes wird da sein. Ernst wird heimkehren, er wird einen anderen Rollkoffer dabeihaben. Johanna selbst wird irgendwann doch noch ein neues Thema für ihre Abschlussarbeit finden, etwas wie *Lebenslaufregime unter dem Einfluss der Globalisierung*.

Nur manchmal, wenn Johanna in Zukunft Ernst ein wenig zu lange direkt in die Augen sieht, wird ihr sein, als fiele sie in deren dunkelsten Punkt und sähe dort unten, am Grund, eine winzige Frau mit Silberblick.

In Johannas hinterer Hosentasche steckt das Foto. Sie muss es nicht herausnehmen, um zu wissen, was darauf zu sehen ist. Sie kann die Hände auf ihren Schultern auch so fühlen und den neuen Bruder, der ihr ein Leben lang ein Freund war, an ihrer Seite.

Jetzt greift Johanna nach der klebrigen Kinderhand, die sich bereitwillig in die ihre legt.

Die Arbeit an diesem Roman wurde mit dem
Kranichsteiner Jugendliteratur-Stipendium gefördert.

MIX
Papier aus verantwortungsvollen Quellen
FSC® C014889

Verlagsgruppe Random House FSC® N001967
Das für dieses Buch verwendete FSC®-zertifizierte Papier
EOS liefert Salzer Papier, St. Pölten, Österreich.

1. Auflage

Umschlaggestaltung: Lübbeke Naumann Thoben, Köln,
unter Verwendung von Fotografien von © plainpicture/fShop
Gestaltung und Satz: DVA/Andrea Mogwitz
Gesetzt aus der Berling Nova
Druck und Bindung: Friedrich Pustet, Regensburg
Printed in Germany
ISBN 978-3-421-04628-4

www.dva.de